或有故事曾经发生

中篇

鲁敏 著

百花文艺出版社
天津出版传媒集团

图书在版编目（CIP）数据

或有故事曾经发生 / 鲁敏著. -- 天津：百花文艺出版社，2022.6
（百花中篇小说丛书）
ISBN 978-7-5306-8276-0

Ⅰ. ①或… Ⅱ. ①鲁… Ⅲ. ①中篇小说-中国-当代 Ⅳ. ①I247.5

中国版本图书馆 CIP 数据核字(2022)第 042044 号

或有故事曾经发生
HUO YOU GUSHI CENGJING FASHENG
鲁敏　著

出 版 人：薛印胜　**选题策划**：汪惠仁
编辑统筹：徐福伟　**责任编辑**：齐红霞
装帧设计：任　彦
出版发行：百花文艺出版社
地址：天津市和平区西康路 35 号　**邮编**：300051
电话传真：+86-22-23332651（发行部）
+86-22-23332656（总编室）
+86-22-23332478（邮购部）
网址：http://www.baihuawenyi.com
印刷：山东临沂新华印刷物流集团有限责任公司
开本：700×980 毫米　1/32
字数：50 千字
印张：4.75
版次：2022 年 6 月第 1 版
印次：2022 年 6 月第 1 次印刷
定价：32.00元

如有印装质量问题，请与山东临沂新华印刷物流集团有限责任公司联系调换
地址：山东省临沂市高新技术产业开发区新华路 1 号
电话：(0539)2925886　邮编：276017

鲁敏 / 作者

女,1998 年开始小说写作，出版有《奔月》《六人晚餐》《梦境收割者》《虚构家族》《荷尔蒙夜谈》《墙上的父亲》《取景器》《惹尘埃》《伴宴》《纸醉》《时间望着我》等三十余部。曾获鲁迅文学奖、人民文学奖、百花文学奖、郁达夫小说奖等奖项。现为江苏省作家协会副主席。

第零天

1.一定要干好。

这是我能碰到的最好素材，我能感受到它曾经如何沸腾以及冷凝后的样貌，不，直到此刻它还在咕噜噜地持续发酵中。尽管乍一看显得有些干巴：某郊区别墅，未婚女孩烧炭自杀了，这是她生父李先生及其现同居女友的住处。发现人是小区杨姓保安。屋里留了纸条，说明跟任何人没有关系。

我喜欢这种遮遮掩掩的粗料，像缠裹了十八层油纸，相信我，每一层都会抖搂出点不为人知的货色来，越接近里层，则越鲜美，尤其是最终那个核。也别指望“嘣”一声爆炸或者爆出粉色花瓣儿，这不是好莱坞或综艺节目，这是真正的人世间，明白吗？

核里面只有真相，赤裸无邪，第一次进入世人之眼——经由我的剥取和发现。

想得美，嗯，总得想得美一些吧，这些年我主要就靠这活着了。跑深度调查也五年多了，从没跟邪恶壮美的“十万+”发生过关联，但咱也没傻干，每天都深捋各平台头条和热搜，嚼碎了吐出来再……咽回去，咽下不得意之气。真的，要能碰到合适的“料”，我准也会喷射出炙热如岩浆的“十万+”，哈，这当今的度量衡与硬通货，庶几等同于古代中状元（热度一昼夜）、榜眼（热度小半天）与探花（热度三小时）。探花就行，我不会痴心妄想到更久，那不符合现世的节奏和规则，它像月光下的潮汐，偶尔以雪白的浪花高高托举，更多是没头没脸地冲刷抽打——抽打日久，我胸膛中的所谓一片冰心，已生出千万裂纹。再这样无声无息地耗着，真他妈不如去死。

2.出门去见杨保安。下了楼，又折回去，把绿皮书塞进了包里，好歹忍住亲吻下书皮的冲动。是，得带着它，这有点小迷信，可迷信常常挺贴心的不是吗？今早，我起不了床，就从七点半直挨到七点三十八分。这挨出来的“八”分钟就是个好兆头，会保佑这第一个外围采访开张大吉。

地铁挤得背包都嵌入了我的身体，更能感到绿皮书“硬硬的，还在”，虽然它已被我翻得烂乎乎的了。“绿皮书”是我给它的昵称，因它皮子是绿色儿的，一本非虚构写作教材，普林斯顿大学专用，作者姓麦克菲，这位麦老师长期为《纽约客》撰稿，长达五十多年。五十多年啊，等于说我老爹还是光屁股猴儿的时候，麦老师就写上了，绝对祖师爷，带出了一代又一代的徒子徒孙徒重孙，包括我的偶像海斯勒，写《寻路中国》的……虽然我跟他们尚扯不上师徒爷孙之伦，却也无妨我自投宗派吧。这次，我就想绝对地去按照麦老师的教程来写，说不定将来能投稿给《纽约客》呢，为什么不？得“想得美”一点！

我在地铁里无声微笑，嘴巴合上时，被前面一个女人突然撩起的黄头发给塞了满嘴。推不开，只好连着口水轻轻吐出来。这没有影响我的好心情，差不多正是带着这顽皮的自信，我与杨保安接上头了。

寒暄中，一边紧密观察杨保安的相貌，他所在值班室的陈设，桌上的摆放、墙上的挂件。提醒自己始终保持这样的习惯，必要的话用手机拍下来。照绿皮书的说法，最好能有一个绝妙到出格的比喻来形容某人的外貌：一把神圣到不可言说的胡须。对场景的复述要像悬疑片里的特写镜头，“墙上挂着一把古铜镜，灰尘隐约像一行字母”。

蒙对了杨保安的老家，并说我研究生宿舍的邻铺跟他是一个县的。杨保安嘴巴咧开了，接过我让的烟："我们那里的娃，一是考研究生厉害，二是考公务员厉害。我儿子就考到深圳了嘛，我老婆抬脚跟着就去了。你猜她去干吗？踩缝纫机做织补。你都想不到，妈的改一对牛仔裤脚，十五元。补一个毛衣洞，小指甲盖大，要九十元。还有换拉链，带衬的是三十五元，不带衬妈的也要二十元呢。"精确地报出一堆数字，好像我是来收集深圳织补行情的。我设法拉回："这么说老杨，你那天是第一个进门去的？"

"本不该我下午班，给换的。下午班最无聊，只能打瞌睡。夜班……也是打瞌睡。我讨厌总打瞌睡，你猜我怎么打发时间？"咕咚一口茶，茶杯巨大，丑、脏。他瞪起眼，一脸期待。

"……还真猜不出。"我理理包，间接碰了下绿皮书。所有的时间都不会是浪费。这是谁说的，还是我这会儿的自我安慰？

“打死你也猜不出。亲娘都猜不出。”把笑声放出来，没有咽下去的茶水在黄牙齿上结成小气泡：“这个,你瞅这个。”他划拉下手机伸过来。是百词斩。“看,我都连续背了四百二十七天了！”

“哟！厉害！”他满意我这个态度,吸一口气,又要开头。我忙截住：“可那天就没法背了吧,现场一定很乱？”

“当然背！我天天打卡啊,有次拉肚子两天没正经吃饭我都背了。连续四百二十七天,从没停过。”停下,再次用激动的眼神盯我。

我把衣领松开透气：“您这是要出国旅行？还是说这小区里外国人多？”

挠到痒痒处了,他极享受地摇头：“纯粹就是打发时间,看大门实在太无聊了。每晚我发一个打卡图给老婆,表示我这边都妥妥的。她呢,就说说她白天的织补。比方昨天,给条皮裙子换搭襻,得多少钱？你使劲猜！”他拧开茶杯盖子，举着。

要没什么事儿，我还挺乐意这么听他聊的，还真不知织补有这么好的行情。我有条裤子，裤腿毛了边，能改成一条中裤也不错。那是我为第一次约会特意买的，随即想到那些先后离去的女孩，心里涌起奋战之力：“这么说，您是背完单词以后去的现场？是自动报警器响了？”

杨保安愣了一下，忽地把盖子扣上：“那破玩意儿，估计早都不灵光了。是楼上邻居下来遛狗嘛，狗叫得厉害，死拖不走……”他皱了下眉头，晃晃茶水：“一百二十元，小铜搭襻才几个钱，净赚一百元，比我这儿强多了。我现在都有点信她了，真能替儿子攒上首付！”

坚持我的话题：“不是别墅嘛，楼上有邻居？”

见杨保安之前，我在小区转了几圈。大半是普通公寓，只有临近紫金山的那一侧，有十来幢别墅，户户可以推窗见山，它们大多门窗紧闭，窗帘垂挂，富贵而沉寂。我停在一排冬青树前张望，企图从空气中嗅出某种异样。没有，死神有如一阵惊风。我看看并不摇动的树枝，莫名心慌。

“要别墅的话，那死翘翘几天了都不会发现啊。外头都是瞎传，就普通两居。”

那不能用“别墅命案”做题了，确实也太俗气。我递上第三根烟：“那您当时一进去……”

“味儿太呛了，吃不消。那丫头脸色倒红红的，细瞧不对，就打 110，看大门就是看大门，可别多事儿。”他突然换成秘密的口气，“这半个月，连着三家中介找我，有家还请我吃了一顿，都是打听房主的情况。凶宅，你懂的？据说很抢手。”

“她身上穿着什么？倒在哪里？什么姿势？”我要画面感！他为什么不爱拍照呢？人们不是看见什么都咔嚓一下吗？我情愿私人出钱买现场照片。绿皮书上有一章专门强调这个。比如鞋头的朝向、雨伞的摆放、窗帘的开合，等等。

“凶宅的价格一般才八成左右，要是死了不止一个，或者见血见刀，会更低。连我听了都心动，反正咱打小不信神鬼。”见我盯他，他说：“真没仔细看啊，味儿冲得我也直犯恶心。再说，都过去好些天了。”他敲敲桌子，认真或假装认真地想了下，说：“反正衣服都是齐整的。我只记得，她指甲那叫一个长，各个指甲颜色都不一样。”

“那纸条，是放在手边？还是装在信封里？抬头是什么，笔画稳不稳当？”遗书要能放在公众号里该多带劲啊。能不能后期“还原”一张，为什么这不可以？行了，我用力摁住这个丑陋的念头。

“啥纸条？没看到，我也不敢翻啊，得保护现场……那家倒是装修得不赖，有暖气片，电视机挺大，就是冰箱不咋的。我最喜欢双开门大冰箱。等哪天给儿子买上房，一定要双开门，一定装得满满的！”他沉浸其中，无法打断，“凶宅真没啥，全家灭门也无所谓。我总想跟我儿子谈这个事儿，他还没对象呢。对了，你对凶宅，咋想？”他把笑容收住，带着一种庄重的请求神态问。

我遂想了一下，包括那条毛了脚边的约会裤子……先有房子还是先有女朋友？鸡与蛋的问题。那来了又去了的几个她，真的理解过我这个人本身？有个女孩曾说我并不会太跌落下去的，因为总也不会被高抛起来。哈，我是初中物理题里的一道抛物线吗？

“能不能接受？我指娶媳妇结婚。”杨保安语速加快，再次追问。

“什么房子都无所谓。”他不满地眯起眼。我继续：“假如真是互相喜欢的人，在哪里都开心的。假如并不互相喜欢，凶不凶宅的也不要紧，怎么着都是无聊。”两次从牙齿里吐出“喜欢”这个词，能清晰感觉到内心某处夹杂着渴求的绝望。我为这没有控制好的自我而有点羞愧。

“无所谓。”杨保安思忖着，“假如这房子卖你，打几折你能接受？”

“前面你说八折？可以的。”我随口答，一边用“我是在工作，没时间闲聊”的那种眼神去看他，“关于自杀原因，您听到过什么？”

“我能听到什么？打个比方说吧，您家里有事的话，会把保安当知心大姐啊？”他挺突然地站起身，给了我房主号码，“中介请我吃饭都没给。你这下满意了吧。我也要背单词了。”手机里一串仪式感的上课铃声，伴随着叽里咕噜的开场召唤。走出三五步，我回头看看，杨保安露出的上半身嵌在铝合金门框上端四分之三处，一半脸正被手机屏幕照亮着。

3.摇摇晃晃的128路返城公交上,我在手机便签里起了个头。

小区门卫室的墙上,贴着卷曲的值班表,被烟熏得微黄。事发当天下午是保安老杨的手写签字,已被加粗的红笔给标了出来。被问及那个曾被人们谈论,又已被人们忘记的下午,老杨到此刻都还感到一丝讶异:"那姑娘是精心准备的,连指甲都修得花花绿绿。"

我试图用李大人的眼光来审看:一堆垃圾。她不会满意的。这选题本就是险中求生、生息微弱。

"这两周前的事呀,长蘑菇了都。"她面前两台电脑,手上还有阅读器,耳机挂在脖子上,直接否了,左手正要把耳机重新扣回。她是去年才跳过来当头儿的,火力很大,一直不看好我,稿子基本都只给C档,大概是在逼我"另谋高就"。五年了,我也真是"老人儿"了,老而不力,老且不死。

“别，”记得我有些失礼地伸手去拉她，也不管异性及上下级授受不亲，“此中有真意。”我甩大词给她：时代感、当下性、典型性。我并不喜欢这些词，它们是塑料，是糨糊，还是广告牌。但咱不就是整天在与塑料、糨糊与广告牌打交道吗？

“潦倒艺术家？粉丝为明星献身？裸债大学生？整容失败？涉高层内幕？公知性侵？乱伦受害人？”报菜名似的，她一口气地掰开指头数落，然后又把指头全都收起说：“这些都不新鲜了。没用！”复抓起耳机说：“你还是跟黄老邪跑吧，他手上有两个题都不错，下期就上。要不然你这月又是光头了。”黄老邪是我们部门最凶残的，能同时扑三个特稿，带四个实习生（文末注一行“此稿某某、某某亦有贡献”），深得李大人激赏：“人家那一笔戳下去，从来都是稳赚不赔。”

“要不我写出来您再看？砸了算我的。”我不自觉也用了讲生意的口气,“这绝对是个大洋葱,只要我一层层……”

听到“算我的”那里,她已扣回耳机,可能还调大了音量，然后冲我比画了一个大巴掌:“五天之内。”从她的角度而言,这已经是宽容的最高值了。我觉得她比一分钟前看上去好看多了。

“今天算吗?”我夸大嘴形地问。她也像默片女王那样摇摇头,于是显得更好看了。

嗯,今天就当是个零,采访杨保安无果也没事。

4.“公民从来就没有真正的隐私，这就是现代文明的代价。当然我尊重和配合你的工作，我对你本人也不会有丝毫偏见。”第一句，包括他的灰卡其衬衫与蓝毛衣，让我明白：碰上知识分子了，起码他觉得他是。

李先生递上马克杯：“速溶的，将就吧。我郊区那边倒是有磨豆机……”皱起眉：“现在也许得考虑出手。”我注意到他的手细长白嫩，似不染凡俗。很好，我已养成了注意细节的习惯。我要在有关他的部分里写下这个。

客厅久没收拾的样子，堆了好些空画框，角落里各种坛子、罐子。“您搞艺术？”

“是秦老师的东西，她教美术。就是跟我在一起的……我们一起凑钱买了郊区那里。我们没有正式办手续。”他说话时带着沉吟，很自然地做着解释与延伸，是个不错的被采对象。我再次检查了下录音，他肯定是那种要求“原话”引用的人。

离异，同居，业余艺术家，父亲的情人，我对这条线有相当的期待。当然最好还是从死者问起会比较自然吧，“她平常住哪里？”

“回城办事就这里，大部分时候我们一起在郊区。知道你来，她特意出去了，这你能理解吧？”

“呃，是问您女儿，她平时住哪儿？”

“哦，米米啊。”做父亲的把脖子慢慢向左边压下去，轻微一声“咔”，“判跟她妈。不过这几年好像住外面，我没有具体过问，成年了嘛。”他换个方向压脖子，没有发出“咔”：“我跟米米是没啥话讲的。”看看我，修正了一下：“我跟她妈也没有话说。跟秦老师也一样。我啊，跟所有的女人都没什么共同语言。”最后一句讲得特别慢，并略微点点头，好像预备着供我直接引用。嗯，把女儿也归为女人，仿佛全无血缘关系的视角，值得注意。我在本子上打个星号。

“平常你们联系多吧？”

“这个频率，实事求是地讲，处于中等偏下，但如果把范围缩小到离异父亲的话，那我应当能超出平均值。她从小话也不多，也不管我要钱，但逢到大小节我还是给的，阴历、阳历生日都给，‘双11’‘双12’也给。我转个账，她回个表情包，差不多就这样。”突然笑了一下，“她跟秦老师两个倒有话讲的，当然我怀疑她们双方都在表演，也是有趣得紧。一坐下来就没完没了地讨论脸上抹的那些玩意儿。我觉得她们前后两次吃饭，讲的话是一模一样的。我有时在地铁或茶馆里听别的女人相互讲话，大体也差不多。”我礼貌点头，同时在心里甄别秦老师与米米的这种相处之道，普通的社交友睦？漠然还是深藏敌意？秦老师干吗不愿见我？四处看看，书架和墙上，照片也不见一张。

“她都收起来了，防着你要拍照什么的。这里，还有那边，本来放着好多她跟儿子的合影。她儿子在加拿大。”李先生瞅我一眼，“是不是认为，米米跑到我这儿来烧炭，是为了抗议我跟秦老师？其实我跟秦老师，她儿子出国后才在一起的，再说这离婚都十来年了。但我不怪米米，她总得找个地方。房子出手确实会吃亏，也认了。”

“您刚才说，跟秦老师，也没什么话好讲？”挺好奇他们俩的这种半道关系，如何遇到，又如何决定远远地到郊区同居，算是惊动魂魄的彼此吸引？或只是搭伴过活与……鱼水之需？我在“秦老师”三个字下又画了一道线。

“她啊，每天最重大或者说唯一重大的事儿，就是打开视频系统看她儿子，儿子自顾忙他的，她没事儿就一直看，想到什么就随口聊聊，也就不需要我再陪她讲什么了。过日子真要讲那么多家常话吗？晚上吃什么，这衣服太脏了，好像又降温了。喊！反正我是特别不耐烦。生也有涯，”李先生抿起嘴，“外面的世界才精彩。我知道这是很老土的歌词。但真的，人要放眼大千世界，而不是日常小我的琐碎。”像又投食给我一个小标题。

“你没事喜欢关注什么领域？订阅了什么公众号？有趣的事情太多了，简直时间不够用！”他稍微探过身子，“比如我一直关注火星探测的进展，那可是整个太阳系中，跟地球最为接近的行星，NASA 撤退之后，马斯克和贝佐斯接棒，一般人只知道马斯克，其实贝佐斯也厉害的，亚马逊老板，同时做太空火箭……当然，闹脾气、耍阴谋、搞事情的贸易战也有趣得紧。何以解忧，哈哈，国际新闻！”

麦老师曾多次强调，留意受访者的独特表达或习惯动作。我记下李先生的口头禅，“有趣得紧”，一边感到时间像只可怜的小猫咪，正踮着脚从我脚边爬过。

他盯着我的笔，顿了顿，又周全补充：“当然国内的事情我也上心的。比如学术腐败问题，这不是一个简单的腐败，这关乎整个教育体系。包括幼儿教育、基础教育，问题都很大。其实有一个最简单的办法可以从源头上拯救现状，即把师范学校的分数线拉到北大清华那么高，只收最优秀的学生，像巴黎高师那样，你想，这样的人出来做教育，就是想差也差不了哇。”他的目光像虚拟的听筒，在我的胸部来回逡巡，想找到我的心跳点：“能源问题你有兴趣吗？这跟地球上的每一个人都有关系。最近我就注意到可燃冰研究，可了不得，海洋水域下90%的面积都是富含区，据说可供全人类使用一千年。这什么概念啊，光听一听就激动人心，而且它燃烧过程中不产生任何残渣和污染，绝对清洁！目前只有唯一的障碍还没解决，希望我有生之年能看到这个技术上的突破。”他投我以天下为公的炯然目光。

我心里涌起一股高低不平的憋屈感，这“先天下之忧”可真是没人味儿。看看本子，只记了这些：白皙的手、秦老师、红包和表情包、有趣得紧。我掏出手机看时间。

“不用查。我会给你讲的，我敢说我这儿可比百度全面多了。”一连串的“有趣得紧”似乎又要蹦出来了。

“还是说说你女儿吧，好吗？”打断，随即又为这样的无礼感到惭愧。绿皮书里指教过这样的情形：所有的交流，就算再无聊的空话套话，都夹带着信息或线索。可，能源问题！我补充：“我还急着赶一个会……”

他猝然停下抚摩沙发的手，原地轻拍两下，再两下，静了下来。

“米米那个留言条，能不能给我看下？”这是绝对必要的照片。

“说来也是莫名其妙，给警察拿走了呀！还有水杯、她的手机、包什么的，都封起来带走了。就隔着塑料袋让我们看了几眼，问是不是她写的。”

“那？”

“我说不好。连她妈妈也认不出的。你倒说说，现在谁能认出谁的笔迹来？比如你，你说说谁能记得并认出你的字来？”他反过来问我，上身挺直。

“确实，有时隔时间长了，我都认不出自己写的字呢。”我笑笑，是苦笑。一边提醒自己，得再次约瞿警官，前两个电话里他显示出纯熟的推托功夫，那家伙挺难搞。

“就是嘛。前一阵，有个相当激进的教育理论，提倡所有学科教学都电教化，因为现代社会已不需要手写。也就是说，目前整个大中小学里的海量书写作业，就是一种无效劳动，也是对纸张的巨大浪费。这个如果能推广，你想想，以中国人口的体量来看，能保住多少森林啊？”

“你们并不能确认，那是她写的？”

“还能是谁？那当然是她。”他又萎缩下去，手在沙发上来回移动。

“她跟您聊过吗？我是说……为着什么？”这样问一个父亲当然很可恶，反正我从敲门开始就是可恶的。

“我倒也想知道呢！这得问她母亲啊。我马上就给你号码，拜托你也替我请教请教呢，一直跟着她过的呀。我也想不通她为什么选在我这里，当然我说过我不介意。我买了这边的房子后，一直喊她过来玩，总也不来。这次终于说行啊我来……这些天，我反复回忆那个周末，从头到尾还真没瞧出任何不对。她跟秦老师仍是讲那些重复的话。到周日下午，本说好了一起回城，她说想再多待个半天，想正儿八经在早上给花园浇一次水。其实我那哪算什么花园，也就底层阳台嘛，一大半的花草都给我养死掉了。”他突然抬起左手来对付右手，处理食指上的一根肉刺。

他的双手为什么那样白那样长啊？我在笔记本上用力划去“有趣得紧”，说服自己接受这样的空手而归，并计划改天来突袭秦老师。

起身告辞时，李先生仍然坐着，并不送我。“离婚那一年，米米还上幼儿园呢，本来早上都是我给她穿衣服起床。”声音显得年轻了一些，“她最怕穿套头衣服，直嚷嚷说透不过气，小脸儿憋得红红的。我就不明白了，那一屋子的二氧化碳，她怎么就不嫌憋了。”

我轻轻带上门，蹑着手脚离开了。

5.超市进口货架上找到一小瓶白兰地，希望它足够醇正。晚上我打算用它洗头，并按摩头皮二十分钟。这是前几天刚看到的一个治脱发的偏方。

头发这几年掉得太厉害。这不算个屁事，我介意的不是掉发本身，而是这种败落感的寓指。同事们老拿这个打趣，亲热地笑得上气不接下气，让我把昵称改为“禾几”。包括每次回老家，对于我眼下的状况(低收入、单身、租房、无升迁、考驾照、本科文凭，尴尬的各个方面)，老爹现在已经不大讲了(讲了我即找借口改签，次日就走)，他便权宜地只说头发，小心又痛心地啰里啰唆：“看看，头顶心那块比我还少，你这才多大啊！还有额角那块，你每天照镜子吗？这都是怎么搞的呀？”怎么不照，我照镜子的时间跟女人们差不多。逼仄的异地小旅馆(我认为那里的镜子会更客观),半夜里起来撒尿(失魂落魄的凝视),商场里匆匆走过镜子长廊(对照周围的人们进行抽样比较),更不用说每一次洗澡和洗脸,用巴掌擦去镜子上湿漉漉的雾气……

除了服用维生素B6,闲下来我会搜罗些偏方,隔三岔五地换着试试。我知道这挺可笑,跟我笑话别人的怪毛病也差不多,反正也都是私底下的事情。

但瞒不过同住的铁刚。主要是卫生间共用,故我对头发所做的各种试验,他都略知一二。记得有一个方子,需要柚子核浸泡二十四小时后的水。那些天我常买柚子邀他同食。铁刚搜了下柚子的热量,满意地报出一个数字,欣然享用。

他细细地撕果肉,我则小心地把不大的核儿收集到碗里,他不时抬眼看我,看不下去了:"治表不治本,你这全是白费劲儿。”笃定到俯视的口气:“你这纯粹是因为……”见我求知地盯着,他打个哈哈,友好地递我一瓣:“我说,你觉得我活得怎么样?嗯,各方面。”

那还要说嘛。这位铁刚,真可谓是,怎么说呢?读的是经济,换过两次工作,工资已是我的四倍,为了跳往更好的地方,还加入了一个年费四万元的高级经理人俱乐部。他隔天健身一次,计算和控制入口的每样东西。不喷香水绝不出门,由此常被误会成是“钙”。事实上他交往着一个通往婚姻的、同样全面飘红的好女孩。绝对的青年楷模!我真诚地表示了赞赏。

“其实只要规划三件事,搞定它们就行了:身体、金钱、情绪或者说情感。”他目光如小钩子,向我抛过来。我不太明白,他只得又说:“你看我的头发。”

"又粗又亮。记得以前汪曾祺写小伙子的头发，打过一个比方，说发梢顶部像有个黑珠子。就是你这样的。"

"还掉书袋呢。你到现在还不明白吗，你这总掉头发，就因为你没搞好自己嘛……"他省略掉什么，"包括你前后追的几个女孩，总成不了，就没好好想过原因？"

"怎么就没搞好了？是她们不识货，我就跟这柚子似的，先酸后甜。"笑呵呵地继续剥柚子，我是挺擅长这样讲笑话的。

"哼，没准儿这里头，"他指指脑袋，做出恐吓的鬼脸，"可比掉头发严重多了。"

就此打住。自此我是有点避讳起来，后来又搞过蜂蜜加鸡蛋清、葱头汁两个方子，都是趁他不在家。他不该那样说我的。他见天儿地像国际名模那样计算卡路里和体脂率，我说过什么吗？

把卫生间门锁好，打开排风扇，它很吵，这很好。我倒出四分之一白兰地，与洗发水匀均搅拌在一起，然后把它们往脑袋上揉搓。又倒出四分之一到漱口杯，一口喝光。还有一半，隔两晚再用。

按摩头皮的这二十分钟，是一天之中我最像样子的时段。我像以往一样闭上眼睛，企图彻底地放松和愉悦，可今天这眼皮却总在抖个不停——我只好在心里把接下来打算采访的对象、先后顺序、写稿时间等再次编排了一下。脚面有时间爬过，不是小猫咪了，喘吁吁的声音表明，是一只大狗，它的尾巴硬硬的直打着我的膝盖。

第贰天

6.去见米米母亲的路上，跟瞿警官联系了一下，第三次了。“哎呀小兄弟，封闭进修学习哪。”但这次他给了我一个号码，说是与死者合租的。太好了！立刻短信请求微信号，对方通过了。

昵称是“初音”，往前翻了翻，全是带二维码的各种可售品：磨皮膏、指甲贴、洗文身用品……嗯挺好，就像我的圈中友邻，见天儿地晒文章晒电影晒开会。使我颇感不解的是，米米出事那几天，并没有任何悼念或暗示……要是哪天我死了，铁刚起码也会为我点一串蜡烛吧，换作他死，我还会贴张他的照片呢。这不合常情，这大有价值！

“您在哪个方位？”挺勤奋地提前撒网，万一她跟瞿警官一样推三阻四呢。

发来一个定位，长营街上的一家店铺，叫“米米兔”。这！我只得解释我起码得两小时后才有可能赶过去，毕竟是跟米米母亲约好了。

又一个定位，这回变成了湖南路。可真是爽利，我甚至觉得她有点过于配合，看来有话想说？我心里感到振奋！不过，马上要见到的是米米母亲，我得装备好抚慰伤痛的心情。事发已两周，但愿她能正常交流吧。

最初的设想是到她家里。场景很重要。同一个问题同一个人，家与公共空间，答得可能截然不同。米米母亲不愿意，她指定在小区附近的“益民大药房”门口——约好的时间，一位着玫红色冲锋衣、背斜挎包的妇人从药房玻璃门出来了，指指药房门口一排肮脏的黄色塑料椅，表情紧绷：“坐。就这儿吧。”那排椅子上已经坐了两位老人，起码有一位耳背，聊天声洪亮。路边行人走走停停。二十米开外还有个公交车站。

“附近有稍微安静点的地方吗？”我有意无意地往小区大门那个方向挪。像很多这个年纪妇女的穿着一样，很不错的玫红色，同样不错的冲锋衣，到她身上就哪里都不对了。我忍不住多看了几眼，心里闪过一丝什么。

“我不会请你到我家的，”识破我，她稍作解释，“离婚后，我这里就再没待过客了。再说我出门包都带身上了，完了我就直接去清凉门唱歌。”

“唱歌？”看来她情绪处理得还不错，我不禁又盘算着还有无回转的可能。真的很想看看米米住过的房间。她桌上的台灯与茶杯，床上的毛绒玩具，书架上的书（如果有的话）。这些庸俗的点缀对拉动阅读量极其有效，人们会条件反射地伤感起来。“她也曾有过心爱之物，有过温热绵软之躯，亦曾倚窗而立看雨打风吹”——这样的酸句我可以写上一长串，有时我也会冷不丁地想，如果哪天我突然挂了，世上会有一个人知道，我喜欢过什么，享受过什么，经历或尚未经历过什么吗？瞧，米米小姐，将心比心，我绝不能让你毫无痕迹地死去。

“对啊唱歌，我们好多人呢。跟广场舞差不多。”神情里其实是瞧不起广场舞的，她走得比我快，不觉中我们俩都进了小区。

“等会儿我可以陪您一起去清凉门，边走边聊嘛。”我用体己的语气，且先不管两小时后的初音吧。母亲这条线，要一竿子到底。

“那也行。”她脸色松了一点，到拐角处的健身器械区，一屁股坐下：“就这里吧，等会儿出去也方便。”

我只好也找了一个造型古怪、不知用来练什么的器械坐下，一边细瞧她。

“母亲长着一张被哀痛和时间极度摧残过的脸。”来的路上构思过这样的句子。实际上很难看出她刚刚遭遇过巨大变故，甚至也看不出曾经年轻过，以至我对米米的长相也没法推测了。

啧，我突然意识到，我一直都还不知道米米长啥样。这本不难，起码她生父李先生那儿应该有。我是在有意推迟着这个“知道”，这会便于我对她抱有更弹性化的情感，可以极强烈，如同她是我的亲人、爱人乃至就是我本人，也可以冷淡地只当作一个进行中的工作对象、路上行人……当然，对公众号文而言，得一开始就贴出生活照来，否则读者准会没心没肺的。但愿她是那种招人怜爱的俊俏模样。

我又一次打量母亲，同时勾画李先生的长相，想象着来自二人的卵子与精子，在很久以前的奇迹相遇。漫长的时间过去了，结合的造物在一日三餐一年四季中辛辛苦苦地长大，大到这个造物可以把自己给抹杀灭迹。有一个挺滑稽的心理学说法，说从子宫里出来，就是第一个“创伤”，然后每个人终其一生都在为这个创伤去修复或弥合。米米呢，倒好，不他妈的修复，也不他妈的弥合了，直接干掉。

母亲大概觉得凉，从背包里掏出一块花布坐垫，手工缝的，边角整齐。刚垫好，又拿出小水壶，同时还掏出个纸杯，给我倒上了递来：“我煮的梨子水，加了冰糖。”我真差点噎住。可能这个年龄段的妇女，都会这样仔细吧，脑子里又闪过什么，是的——我也算有个妈妈来着，当年都没等我断完奶便跑啦。想想她还真是个洒脱新潮的人哪。不知道她而今也会这样的冲锋衣加斜挎包，随身带着暖壶和坐垫吗？心里不禁发笑起来。没有人会相信，面孔不详兼去向不明的母亲，反倒成为我暗中消遣的一个小乐子。我的母亲全能九命七十二变，像大街上的每一个适龄妇女。

"是这样,"我咂着嘴里甜丝丝的糖梨水,让脸色变得沉痛,"我知道您一定不愿意提起米米,毕竟……"

"我愿意的," 她打断我,"我太生她的气了,气得没个说处。为她我总共才哭过两场。我这里,这里……"她抚着胸口,然后又抚着肚子:"还有好多泪水,偏就是哭不出来,起码得晓得她为什么去死我才晓得为什么哭啊。她这样莫名其妙!可真把我憋得太难受了。"她那切齿的样子让我不敢瞧她。我这样问可真是罪过。

"她爸爸现在往我身上推。噢,把她一手带大,我倒有罪了。要我说,米米还是在他那里走的呢。我真该跟他打官司要人的。"她用力喝水,更用力地咽下,"你想她都搬出去三四年了,哪里能算是我的事呢?我这冤枉找谁说去?"

我不安地伸腿,屁股下面的铁家伙发出吱吱

怪音。

“没有人会相信我啥也不知道。我是她嫡亲的妈呀！”她苦闷得都看不起自己的样子，“这些天，除了到外面唱歌，其他时候我随时都在想。坐在马桶上想，端起饭碗来想，想得脑壳两边轮流疼。我一天天往回推算，都想到了上半年。今年母亲节，我还跟她开过玩笑说，你送啥礼物给我呢？她一下发三个哭穷表情过来。其实我哪里会要她花钱，开的美甲店哪能赚钱？后来还是我请她去拍了一张母女艺术照。喏。”

她在手机里翻出一张照片来递给我。这算是我第一次看到米米。照片里化妆太浓，又用了柔光镜，两人皆穿着复古宽大长衣，都是圆圆白白没棱角的脸，都有点区分不出。如果米米还活着，并迎面走来，我铁定是认不出的。

“照相的都说我们像姐妹呢。”她把手机拿回去,“死丫头,你到底有什么事过不去的。”她擤一下鼻子,鼻腔里发出空洞的回声:“我知道她爸喊她去那边吃饭,无所谓啊,离这么多年了,我都当他是个屁了。我也就是好奇,问米米那是啥样的一个女人,她连这都不肯说。跟她爸一个样,啥话都不跟我讲。”

“从头到尾您一点异常都没有觉察到?这实在不大可能啊。”我忍不住喃喃起来,简直都怀疑起是我这里出了问题,怎么到现在都没有摸到一点基本的骨架。老朋友般的失败感又来了,比以前更加强烈,如大网兜头,我这回所赌上的可是我刮锅底的最后一点信心哪。

她猛然起身,三两下收起坐垫和水杯,有如快镜头,然后以更快的速度往小区门口去。我得好一阵紧走才能勉强跟她并排。我知道方才那话开罪她了,在她已经做了那么多的剖析之后。从侧面能看到她粗糙的腮帮红彤彤的，可能是风吹的，更可能是愤然所致。我一时不敢开口，不免又开了小差——这大踏步的疾走，这风中的红腮，我那位母亲大人也会这样的吧？这样对比着的联想，像油渣子，嚼嚼也就吐掉了。

趋步紧跟，跟着她上了公交车。只两站。随后我跟着她踏入一条临湖小道，道上渐渐有人与她相互招呼。天色这时已暗下来，那些脸都胖胖的，潽出来，像带着一层晕。她向我小声介绍打招呼的人，像点数一大溜儿远房亲戚，“别看他现在瘸了，做过特种兵，到现在还整天吹，说能二十分钟跑五公里，身上还背三十斤沙袋。”“就那个，都管她叫寡姐，四十岁前嫁过三个丈夫，都得病死了，就再没男人敢找她了。这诨名也是她自己取的。”“没事他就长那样，白化病，不传染的。我们这里有一半是老慢病号，能包圆门诊所有的科。”

这样说着,很快到达一个由城墙与门垛形成的露天凹形空间,她小声加了一句:“米米的事,我没跟他们说过,又不是什么非说不可的事,对吧。”我点点头。她于是挺放松地把我介绍给一位领头模样的白头翁，以及周围一大帮子的妇女与小老头儿:“记者。来看我们唱歌。”我对众人含糊致笑。这情况总会碰到。我明明是去采 A 事,可对方觉得 B 事或 C 事更有价值,他们会热心地带我去看 B 事与 C事。

看来还不是——简单问好之后，包括米米母亲,就没任何人再招呼过我任何话。他们相互间也没有多少交谈。没有仪式或开场白,随着白头翁一抬手打起拍子,就很随意地张口开唱了。乐谱与歌词写在《人民日报》那样大的对开白纸上,笔画粗壮,挂在两棵树杈之中,如屏幕,众人皆仰头向之。为着耐磨,大白纸都用透明胶带糊了两层,并像挂历活页那样以孔洞串起，每唱完一页，边上站着的两人，即拿着晾衣撑共同推举掀翻，配合极佳，全无多余动作。

“我们走在大路上/意气风发斗志昂扬……”“你挑着担我牵着马/迎来日出送走晚霞/踏平坎坷成大道/斗罢艰险又出发，又出发……”“在我心中/曾经有一个梦/要用歌声让你忘了所有的痛/灿烂星空/谁是真的英雄……”“让我们荡起双桨/小船儿推开波浪/海面倒映着美丽的白塔/四周环绕着绿树红墙……”

什么歌都唱，显得极不讲究。这倒也与他们的模样挺配：老年人特有的那种松垮，满眼的残旧衣装，站得也是歪歪斜斜，到高音了，有的老头儿会耸起肩膀或歪转脖子，即便这样努力，整体完成度还是不行，高音基本上不去，上去的也挺不入耳。

“鞋儿破帽儿破身上的袈裟破/你笑我他笑我

一把扇儿破/南无阿弥陀佛，南无阿弥陀佛……”“团结就是力量/这力量是铁/这力量是钢/比铁还硬/比钢还强/向着法西斯帝开火/让一切不民主的制度死亡……”“田野小河边红莓花儿开/有一位少年真使我心爱/可是我不能对他表白……”

随时可以走。可我挪不动脚，他们的歌声里有种古怪的和谐与壮美，牢牢地捕获了我。当中我给初音留了一条言，她没有回复。我也管不了，只挨着一块石头呆呆地听，一边看夜色中来往的胖瘦人影。人影的远处，是更为黝黑的湖面。这样的远望中，听这些老嗓子们的合唱，真是不赖，有如千帆过尽。时间还是像狗一般在膝盖边打圈儿，我用手轻拍它的背，让它坐下。

到他们唱完，陆续招呼着都散了，我还想再坐一会儿。米米妈妈在我边上站着，一边扎丝巾、戴口罩、戴手套，把自己团团包住：“这几天冷，到开春了会更热闹。有的老面孔，唱着唱着就不见了，反正也总有新的加进来。你还不走？我要走了。这个点，米米会吃点夜宵。”口气活像是米米还活着。

“您给她做什么夜宵？”突然也感到有点饿了，想到轮换着吃的那些破烂铺子，又全无胃口。一个人吃东西，总会让某种糟糕的感觉更加昭然。

“端一碗米饭放在照片前就行了，端到‘七七’。这你不懂吗？”

“那以前呢，她一般爱吃什么夜宵？”我勉强追问。跟这位母亲的谈话并没有能给我的本子带来什么有效内容。

“你忘啦，她早就不跟我住了。估摸着也就是叫点外卖，或者下点面条啥的。很要紧吗，这？”她从口罩上方投来有点责怪的目光。

“呃，米米为啥要出去住啊，您这里不方便还是什么？”我在心里拟出一个小标题，“离异父母各有新欢……”假如米米因为这个去死，还有写头吗？什么原生家庭之类的，我厌恶这些时髦到没有感情的词。

“我这儿可方便了，方便住一家三口爷孙三代四世同堂呢。”她尖刻地看我一眼，随即辛酸一笑，抬脚就要走。

“阿姨等下，”她收脚，但背朝我。“如果我这里查到米米走的原因，我给您打电话。”

她停下，转回身体，取下口罩、手套，把丝巾也拉松，露出全部的脸来，重新走回我面前，挺正式地抓着我的手晃了两晃，以示感谢。

“嗯，我也没跟家里人住一起。没啥原因，出来也就出来了。”我吞吞吐吐地冒出这么一句。

她轻轻摇头，挺自然地拍拍我肩膀，一下子比我高出来好多似的。

说实在的，我有点喜欢她拍我肩膀。

7.从湖边回到家已是晚上十一点。捋弄了一会儿镜子里的头发，显然又是白折腾一天，感到自己有点水土流失。我把绿皮书祭出来，快速翻，纸张哗哗，能看到里面被我做过若干记号和加注的地方。这带点仪式感的动作多少催生出一点余勇，赶紧地，为明天找米下锅吧——没准大料就在初音那边，比起母亲、李先生、秦老师，我也情愿在她那里多下功夫。

反复斟酌几番才发出留言："不会生气了吧。希望明天能再给一次机会，这次保证不会失约。"发出后重读，简直像发给闹脾气的女朋友。

漫长的十分钟后，回了。

"（洗澡的猪）"

"明天？"我点开看了两遍那只动图猪。它一丝不挂。当然，猪从来都是一丝不挂。

“==”

“不急您忙。”关掉大灯，打开我最喜欢的床头灯。它外罩上有花纹，投射到天花板上会形成一堆大大小小的爱心。被铁刚嘲笑过多次，我不理会。躺在这么多心的下面，同样是失眠，感觉总会好一些。铁刚今天回来得比我还迟，肯定又是俱乐部那边有活动。他从不喝酒，以便替某个大人物开车，并且每次回来都为此而备感振奋：“多好的机会啊。你想想，他们当中无论谁，顺手举荐我一下，跟你说，年薪五十万不是梦。”是啊，我完全同意，也替他高兴，并希望那些烂醉过去的大佬能够在打酒嗝儿或呕吐时睁眼看下在前面默默代驾，把他们送到小区，搀扶上楼，有时还帮着去洗一下车的小伙子，并且这记忆能维持到次日或更久一点，小伙子可在痴痴地等着，等着被留意、被欣赏、被举荐哪。

“（吹头发的蒙娜丽莎）”“（问号脸）”

披头散发、丑丑的蒙娜丽莎，挺好笑。有些人就能用表情包表达一切。“时间迟了吧？”我假意客气，其实通宵都行，把我的笔记本写满才好！

“（直接说事）”

“你和米米，当时无话不谈吧。”

“网友才无话不谈呢（一串骷髅头）。她来这么一下子，我倒成米米兔独资大老板了。”

哦，美甲店，她俩还是合伙人。更好。看着那抛着自己骨头玩的骷髅头，我忙顺着走：“她为啥要来这么一下子？”

“来一下子？要我说，简直能来一百下子。”

我一下从床上翻将起来。这几天处处撞墙碰壁，还是头一次得到这么肯定的回答。而且听听吧，“一百下子”，简直能把所有人欠我的都给补齐了。“愿闻其详。”我都冒出了书面语，正好也可略微提醒她，这是一个正式采访。

“起码的，长太难看了，真的。就这条，能去死五十回。”她直接发来语音条，声音有一点低哑。为便于保存，我转换成文字并截屏。米米不至于“太难看”吧，她们母女那张艺术照，大样子还好的。未及回复，新的语音条又源源而来。

“胖是万恶之源。紧身的显腰粗，宽松的坐车会有人让座。穿长裙像坦克。牛仔裤就成大象腿。哦还有伟大的双下巴，修图起码要修三回的。”一串排比句中，她在气喘吁吁地发笑：“要是有脸蛋儿也成，还能算胖美人。不巧脸上好几坨扁平疣，两只小眼睛还有点对呢。哈哈哈。”

我深感疑惑，我们说的是同一个人吗？更疑惑的是她那笑声里的刻薄无情。

“所以说越丑越作怪，总闹着想切双下巴、打瘦脸针、做皮秒激光。哈哈哈，最好能去韩国来个大全套，换头换身通通换掉。”

趁她笑得上气不接下气，忙抽空儿回了一条：“你总不会是说，米米只是对外貌不满意？”

“早死早投胎嘛，投胎做大美女，生下来就是大赢家，一直能赢到死。你想想看，那谁谁、那谁谁有个屁本事啊，不就是有张脸。”不知她是不是打开了一个什么关键词搜索，报菜名似的一口气排出若干炙手可热的名字。“要么做花，要么做花瓶，要么做搁花瓶的好看桌子，都能成。丑八怪的话真不如去死啦。”几乎有点拍手称快之感。

“个人觉得，这理由，不太成立。”我小心反驳。

“也是，好歹还有个男朋友，她肯定不能算最惨的那个。”她咂咂嘴，似笑非笑。

男朋友？看我，怎么从没想到这一宗？人们固然很难成双捉对，但也并不都是孤家寡人。“你认识她男朋友吧？等会儿推给我一下他的微信。”我紧紧捏着笔杆，喜忧参半，旧城未下，新城又至。

"也可能分了吧。他们总在闹分手,一出岔子就拉黑,再通过我这里加上,然后再出岔子。"

"出岔子?"好,露出小苗头了。

"中彩呗。我看她不如在妇科办张年卡得了,四五趟的,说不定还能打折,将来我要有男朋友了也好蹭个卡,哈哈。"我有点混乱,这算是闺密之情的一种表达?

"四五趟?"我不情不愿地记下这数字。这方向有点没劲。

"最近倒是有一阵没去了,那玩不起的肚子歇菜了还是怎么的,"语音条出现好长一段空白,初音在回想着什么,"还是说他们彻底分了?"迷惑地吁一口气。"五次打胎致不孕,惨遭分手决定自杀。"勉强算一个俗套的"阅读点"?公众号编辑可能会在这里用加粗字体,然后下面的留言会有站队,愚昧与拯救,直男与渣男,女权与新女权与新新女权。我的身体我做主关你屁事。

想到米米父母，尤其是母亲，都不知道女儿反复打胎的事？还是说觉得这不是个事儿？重听了一下初音的口气，也是嘻哈的。想了想，遂以一种无立场的口气："那有没有可能，米米其实对这种事情，是比较在意？然后就……"

"你是指哪种？"她声音突然带了鼻音，可能是躺下了。

"呃，生不了小孩，或者，分手？"我也有点困。如此夜深人静，如果不是在工作，而是两个人纯粹躺着聊天儿该多好哇。得，我这是在想什么呢？

"您可真逗，这算什么？要烦的事情多了去，所以我挺同意她死的，死了就什么都不烦了不是吗？"感冒一样的鼻音，显得多么真诚啊。已经过零点了，是子夜了，这给我一种恍惚感。上一次跟一位姑娘聊到这么迟，是什么时候？即便这是采访，也是共同度过的一段深夜啊。我有心说几句闲话,又担心会终止这毫无防备的状态。

我掐掐自己,奋力继续与米米有关的话题:“你们生意咋样?米米兔……”关于美甲,我着实也说不出什么。记起杨保安说的,米米十个指甲涂着不同的颜色,料初音也当是如此吧。

“光靠小铺子哪行?主要是做微店,我们俩建了差不多有三十多个群吧,洁牙、烘焙、淡斑、丰胸,美瞳、酵素、假发销售,以及脱毛,反正有事情就做。我俩分头料理,在各个群搞气氛,给大家集赞、投票、打卡、做运动、做经验分享,再慢慢儿地带货。”

怪不得初音的朋友圈全是无情无义的二维码,只字不提米米,不过,就算是聊到这样的程度,我还是没能够弄明白,初音对米米之死,是极度伤心还是极度不伤心——有时这两者的表现,就是一模一样。

“那，生意还可以？”

“你小白啊。可以的话，干吗还要苦哈哈地伺候这么些群。她现在倒落得轻巧，活活地把我给吊这儿了。还是她狠。哈哈哈。”一阵幸灾乐祸的笑声，我把手机从耳边挪开一点点。

“冒昧问下，你俩开店的本钱是不是信用贷？利滚利？是不是逼得米米……”我急得单刀直入。

“一只小白兔，两只长耳朵啊，一对红眼睛啊。两只小白兔啊，四只长耳朵啊，两对红眼睛啊。”她连说带唱，调子乱七八糟，我实在无心欣赏。哪怕是高利贷，哪怕给骗掉大几十万上百万，亦可算作烂大街的平常死因，这文章就没法做了。当然，这对米米很不敬，但不得不这样来区分。难道我这么起早贪黑地拉满弓，最终却放支空箭吗？那头初音又连发几条来了。“赚钱嘛，方法多得是。开个小窗私聊，都不要露脸，也不管胖瘦黑白，直接给器官特写，直接给声音。那打赏，东北话讲，哗哗儿的。哈哈你是小白兔，米米可不是，我也不是。”

“我也打过赏，还玩过 VR。”我忙分辩，甚至都想坦诚交代那些场景和我当时的反应。真的，我有点想对她说。显得冒犯吗？这只是出于采访之需吧，我还不至于苦闷到这样的地步。

“一百件事，九十九件都值得去死，唯独不会是为钱。你要那样想，米米会半夜里去找你算账的。”她开了个玩笑，但声音里并无任何笑意。我疑心她在讲反话。

“那我就整夜守着，正好想亲口问问她那九十九件事呢。”我很担心谈话进入死胡同，初音却突然改为通话了，哗啦啦自顾讲起。

“不信？我都能讲通宵的！煎饼馃子涨价了。新毛衣缩水了。楼上总往下扔东西。市容叫我们换招牌了。跟了多少年的网站突然死了。对了，还有退货和差评，那真是一天能气死好多回的——说天太热了不想洁牙了，退。说太便宜了，便宜无好货，退。说包装破了，差评。说使用说明书有错别字，差评并退货。说热爱国货、抵制日韩，退。总之，全人类都想不出来的理由，那些牲口们都能想到。

“对，私下里就管他们叫牲口，我跟米米也是牲口。整个群全是又丑又胖又穷还整天想着做公主做王子。你知道差评有多糟心吗？讲那许多好话，到处放交情认姐妹，几个月的忙，然后一单全毁。有次米米真的就为这事儿哭来着，哭得那么难听，跟杀黑毛猪似的。我学给你听。

“怎么，呜呜，就说我家的面膜，呜呜，有股萝卜干子加脚丫子的混合味儿。呜呜，怎么会有萝卜干子加脚丫子味儿？这都是，呜呜，怎么想得出来的呀？呜呜。”

我在她模仿的哭声中一阵气闷，倘若米米真因着这样的九十九种烦恼去死，那我这稿子可真又臭又长又可笑哇。绿皮书里的倒数第二章，列出若干结构大法，随便哪一种都是有重点、有高潮、有铺垫的呀，而不是平均主义的细碎尘埃。求求你，米米。你不应当，也不可能就为着这生活本身去死吧，那世界上所有的人都应当去死了呀。

“你能听清吗？她真就这样的，上气不接下气地哭。我也懒得劝她。就由着她颠来倒去地号。”大概是不满我的沉默，初音竟然又学了一遍，敬业的演员非要加一条似的，一丝不苟地伤心欲绝，简直以为她是真哭了。“怎么，呜呜，就说我家的面膜，呜呜，有股萝卜干子加脚丫子的混合味儿。呜呜，怎么会有萝卜干子加脚丫子味儿？这都是，呜呜，怎么想得出来的呀？”

我在本子上胡乱划拉，子夜的时间白马一样嘚嘚嘚踏过，它的长鬃毛飘起，拂过我的后脑勺儿。我开始偏头痛了，偏头痛的那半边，大概掉头发会更厉害吧。初音这里又将惨淡收场吗？米米的心事到底是跟谁说了，男友吗？天知道。人们的爱或依恋、对彼此的重要性，到底是否存在或怎么样才能够发生？他们有血缘与姻亲关系？他们天天见面？比方说同事或合租者？他们在对方面前痛哭并能够被准确模仿？可以聊天很久直至失去效率与信息，比如像这会儿的我和初音？

我很留恋此刻能有人跟我说话，但同时又想找到借口，自然地结束这场抚慰不了任何人的对话——懂了，初音这么无聊地再一次模仿米米的哭声，也是出于同样的原因吧。

“你饿了吗？”她止住哭声。

“有点。冰箱里好像还有一袋速冻饺子。”

“米米就是特爱吃夜宵，我也是。但我现在真不能再吃了。要不你替我们吃行吗？起码得二十个，调点老干妈，倒点醋，最好配两个蒜瓣。行吗？完了再喝半碗饺子汤，原汤化原食。”

“行，我替你吃。”我无意与她争论减肥一事的狗屁意义。大部分事情都是狗屁，如果乐意，大家就各自执着去吧。

“抽烟吗，你？”她又问。

“偶尔。没瘾。”

“吃完夜宵替我抽一根。我这牙已抽得太黄了。”

“行。”

我先后发去两张照片：吃到一半的饺子、抽到屁股的烟。讲实话，我很高兴能与某一个“活物”分享这些，今天的饺子真有了饺子的味道。她要愿意，我可以每天晚上都替她吃。

她发来名片推送：志华。

愣了一会儿，想起这当是“米米的男友”。我有点不舒服,觉得她用“回赠”的方式来答复我发她的夜宵照片，一下毁坏了我依稀感受到的某些东西。我遂也一本正经地感谢她接受了我的采访并提供进一步的帮助。再无回复了。

我在黑夜里回放语音条。初音的嗓音直通通的,话又多又碎,真不能算好听。但能知道,她也是极乐意这么聊聊的。

第叁天

8.被来电铃吵醒，才早上七点，肯定是表姐。她隔一阵去我家一趟，替我父亲四处收拾下，顺便给我打电话，然后八点半赶去上班。表姐零碎地抱怨着各种家事。闭上眼睛屏息听，能辨出老爹在附近走动、呼哧喘气。他有支气管炎，一到季节之交便发作。表姐仍然在讲，我打开免提，过一会儿凑上去大声地“嗯”“是吗”“真的呀”“亏得想到”。喝水（没了，现烧）。洗漱（牙龈又出血了）。蒸小馒头（扔包装时发现过期半个月了）。

表姐说了一通，照例把手机交给父亲。她总这样，逼我们互相问候。实际上我俩能说什么呢。

老爹从去年起变了策略，打电话就总说想抱孙子，得知根知底地娶个老家媳妇才放心云云。他讲得太生硬，其实是觉得我还不如滚回老家算了，啥都现成儿的。“是，我现在确实不行，但我还没开始啊，哪怕最终开始不了，我也情愿死在这里！”“倒是为个什么呢？”老爹在我激烈的口号之后，有意慢吞吞地跟我要一个解释。我说不清楚，也认为不必说清楚，就撂了他电话。从此就只是通过表姐的手机，客客气气地如此这般了——我问他胃口如何、睡得好不好，他随便答上几句。相当于单曲循环播放。表姐最后接过去，挂掉之前，她可能正抬头往院子里看了看，自语道：“哟，今年这柿子结得可真多。”

我正往架子上挂毛巾，听到这句，感觉身体里某处一颤，差点都想对着已经挂掉的手机再喊上几句什么。跟老爹就算通上几年的电话，都不如院子里那株柿子树在瞬间带给我的心碎之万一。

志华的名片一点击，自动通过了，并跳出个花里胡哨的优惠卡，原来是电子城修手机的。那一带我正好熟悉，留了言就一路晃过去，虽然对这位男友并不抱太大希望。

电子城这一带算是高级地方，街两边儿都是气派门脸儿，各种金属门打开又关上，不断往外吐人，又往里吞人。黑西装、蓝色保洁、橙色外卖、灰色保安，和尚、警察、学生，戴胸牌的中介、高帽厨师、外套印着电话号码的物流工。人们都有着像模像样的差使并如此勤勉地交叉跑动着，瞧上去还真是赏心悦目。米米不在了，好多人不在了，好多人将不在了，仍会一直这样赏心悦目下去吧。

照二维码所示的摊位号一路找去。挺大的三面玻璃柜围成一个柜台，柜台上也贴了一圈二维码。外头站着两位魂不守舍的顾客，一位以均匀的步幅绕着柜台来回踱步，另一位则眼珠不错地盯着志华:我想那个正弓腰俯背捣鼓手机的当是他,衣服后背是同样的二维码。看不到他的脸。

倚着柜台等,在另外两位几乎是仇恨的侧目中,我的手机不停响。每天上午这个时候,李大人都会在工作群以倒计时方式“@”我,好像我不会掐日子似的。我总遮遮掩掩地给一个神秘的回复,让她,同时也是让我自己少安毋躁。她可能也只是例行公事,并不当真惦记。群里的讨论太热闹,新奇特异、怪力乱神,像秋之落叶遇冬之暴雪,来不及地层层覆盖。

今天倒好,除了李大人的“大棒”,还有黄老邪的“胡萝卜”在召我帮忙,他给我发来一串关键词和周边链接,大方地让我在其中选,溜了几眼,其实都不用看,随便哪个选题,都比米米之死“重大”得多!我每天都要替米米扒拉开那些迅速掩埋掉她面孔的落叶与暴雪,把她从急速坠落的时间深处打捞上来……“还在揪你那个过保期的死题目？这是搞出感情，当对象谈了？小兄弟醒一醒，咱就是流水线上的来料加工好不好？”黄老邪好心又尖刻地劝说。

手机设成静音，我把目光移到柜台里的手机尸体上，它们被胡乱地码得老高，夹杂着被肢解了的电池、粉嘟嘟装饰物的后背板、残损摄像头、裂成冰洞的黄金镜面，线路板暴露有如内脏却还在闪烁着未接来电或未读留言，真有如一幅废墟末世图景。想这些手机里，也曾有多少活色生香与情短意长哪——真想把这样的景观写到米米的稿子里去，这不是跑题，世界上的事情不都是互相关联着的吗？

两个顾客先后取了手机，即刻开机，获得新生般焕然离去。柜台后的志华起身向我抬了抬下巴，一边往嘴里塞烟，带着我往楼外走。志华五官平平，令人过目即忘（他在前面走，我立刻就忘了他长什么样）。背有点弯，鞋子大一码似的拖着走，显得疲沓。

他跟米米是修手机认识的：米米的每部手机，都会摔坏三四次屏，直到修不了。换新的，再摔。如此反复。后来志华给她打八折。再后来只收她成本钱。再后来免费。最后给她买新手机。——这听起来是直线逻辑般的过程，是我用了一千多米的步行距离，艰难诱供而来的。志华以一种极被动的态度待我，我提出一个设问句，他肯定或否定，或略作修正。我就像一个全运会记者：请问取得这样的成绩想感谢教练吗？真叫人气闷，乃至让我产生了一种促狭的冲动，想把这平推乒乓球般的短促对话，一股脑儿地都呈现在稿子里，我们那些娇气又挑剔的读者们觉得怎么样呢？说不定他们早就盼着被这样的琐碎刻板给虐待一下，并示威和投诉性地把阅读量直推到“十万+”！

“带我到米米常去的那家医院吧。”那是个很合格的场景，站在有图标或箭头指向妇科的那个楼层，我要在那里跟他聊米米，征得他的同意，拍照，发表时脸部打码。

志华扭头就往地铁站走："五站地就到。"倒也是喜欢他这样寡言的温顺。进了医院，他仍在前面带路，直带到住院部，上到三楼，他出来停在电梯间，冲我往里努嘴："我每次就到这里。"

我四处张望，感到被愚弄了："这是康复科啊！"他点头，完成任务的表情。

"米米在这儿看病？"此时一位穿条纹服病人歪斜着走过。

"她奶奶。"他显出一丝讶异。

志华这是有意装傻还是一派天然？见下奶奶倒也是可以。不过，奶奶的！奶奶，这岔得也实在太远了。

我冲志华晃晃食指，打电话问李先生要奶奶的名字和病房号。李先生很惊奇:“我母亲?病房号?”好像这是我给他临时发现的一个母亲似的。两分钟后,收到他一条挺长的短信,可以想见的书面语遣词:您不辞劳苦深入排查,这种敬业精神是值得敬佩的。她在三病区 24 床。不知您出于何种考虑,其实米米小时候只有寒暑假才跟奶奶住一阵子,并无特殊感情。此外,我也有义务提醒您,米米奶奶,即我的母亲,罹患多种疾病,恐无任何采访必要。

我抬脚就往病区里走,一边招呼志华,只见他在电梯间角落里找到一个消防箱,半挨着墙坐在上面,手肘稳撑在膝盖上,专注于手机,头都不动地向我摇摇上半身。

病房门半掩,仨人一屋。全都躺着不动,亦无声息。最里面就是惠连英。被子直盖到鼻头下面,头上还戴了帽子。室温的话,估计得有 20 摄氏度。我解开外套,轻叩床沿叫道:“惠奶奶,惠奶奶。”

“你要能喊得她应你一声儿，我送你座金山。”卫生间转出一个胖女人，身上松耷着软绵绵的秋衣秋裤，嗓门儿高得有如呼号。我以眼示意惠连英的床位，小声回道：“我是米米的朋友。”

“啥米米？哦，那黑皮丫头。你放开声讲没事，这屋里三个，都不怕吵的。”目光像小灯泡，是久不与人讲话者所特有的亮，“本来在不同病区，打通了护士长，给我凑到一处，等于我承包这整个病房。”“小灯泡”自豪地扫过她的领地，给我指点介绍。

中间那位，身上进进出出若干管线，她排数：导尿、心电图、氧气管、输液。到饭点还得换鼻饲。“像不像多孔插座？”她抛出一个比方，直乐。靠门那一位，脸上平覆着一方毛巾（像死去的人那样），露出的头发乌黑、浓密，倒是比我强上好几倍。“工伤，二十八岁，高位截瘫加脑震荡。不肯讲话，也不肯见人，就是根会喘气儿的木头。好在是单位掏钱。”

"嗯。不容易。"

"仨全是木头。我乐得自个儿玩。假装这个是我儿子,那个是我老公,老太太呢,就当是我老娘吧,然后我就跟他们胡说八道地讲,小孩过家家似的哈哈,就这么过家家,你猜我一个月挣多少?"她喜滋滋,又想起不宜露富,"算了,你就猜哪位护理费最高吧。"

"惠奶奶。"我往最里床走,寒暄成本已经够多的了。

"是多孔插座!退休工资高嘛,保住这口气就等于保个账户,他家里人最认我。我经手这么多活死人,就从没一个害过褥疮!你晓得要多久喂一次水,多久翻一次身,多久做一组关节活动?讲究可多了,关键我肯用心,你想,最早我可是伺候走我老公的……"这位护工要也写东西,能写几页都不带标点的。

“惠奶奶是啥毛病？”我打断。

“就老了呗。脑萎缩，不认人，哪儿哪儿都老化了吧。我主要就保她两条：不感冒、不感染。看捂这么严实，还是手脚冰凉。”她猛地伸手，拉着我的手就往老人被窝儿里去。一下碰到块凉肉，不知是大腿还是腰，惊得我悚然缩回。“哈哈哈，要是个漂亮大姑娘躺着，你缩手也这么快？”她称意大笑，秋衣下垂挂的空乳房愉悦晃动。

“你刚才叫她孙女黑皮丫头？”我顽强继续，其实也不需要顽强。她想说话，估计我就是问个天文地理，她也能扯出一嘟噜。

“皮不黑，是那丫头每次都黑着一张脸，凭我怎么热乎都不吭声儿，只在奶奶跟前脸冲脸坐着，一坐大半个钟点。我出去转悠，腿都走得酸了，回来一看，还在那儿坐着呢。”

“光坐着？”

“你以为能干吗，放炮仗敲锣鼓老太太也没反应的。对了，黑皮丫头倒是有一阵没来了。你是她男朋友？”

我没吭声。米米要是愿意我也愿意。

“黑脸归黑脸，倒也是个长情的姑娘。她再不来，我这里的三个，就更连死人都不如了，死人到清明还有人烧纸呢。”

“她死了。”我说。

女人弹簧似的一下子跳到惠奶奶床头，扯下被子，伸手放到老人鼻前，停了停，直拍胸口：“这玩笑可开不得。她这一口气，可就是我的嚼用呢。”

我理当说清楚，死去的是米米，同时观察对方的反应，然后兢兢业业地再从她这里追问压榨一番。一阵疲倦压倒了我。唉，黑科技是挺发达了，要能有什么设备，像公共探头那样，能抓取到人们某时某刻的想法就好了。

离开前，我也把凳子拉到惠奶奶跟前。胖护工倒是机灵，套个外套带上门就往走廊外去了。

病房里一下子全然静下来。不久就能从这一片静里，听到隔壁床各种仪器所发出的轻微电流声，还有输液袋偶尔一声“咕”。再过一会儿，能听到我自己的呼吸声。又等了一会儿，我企图分辨出更多的呼吸声。没有。躺着的三位，就像已成为床的一部分，他们没有为这个空间贡献出任何分贝。

看看手机，才过去了四分钟。

我要求自己坐满十分钟，我要在这个房间里好好听一听自己的呼吸声——米米在那漫长的一个钟里，也一直听着她自己的呼吸声吗？这让她更想死了，还是尽量地不去想死了？

“米米生前最放不下的，是从小带她长大的奶奶。她每周会到位于热河南路上的钟山医院康复科探望已经失忆的奶奶。据护工王劳(化名)大姐回忆说,米米有情有义,每次都陪奶奶说一个多小时的话,以帮助老人家康复。”脑子里有一搭没一搭地编了这段儿。屁,全是大路货的谎话。

志华仍是以手肘撑膝、勾着头翻手机,跟我离开时一模一样。我拍拍他,他迅速站起,脚大概是麻了,猛地一矮。我扶着他往楼道走:“你只陪米米到过这里? 别的呢? ”

他手里仍在忙:“这盘快了,最多两分钟。”可能是被我催的,他突然身体一抖,曲终奏雅了。他抬头,空茫地笑着:“别的? 别的什么? ”

需要坐下来跟他谈。路边一溜儿油腻腻的苍蝇馆子,敲着铲子吆喝招呼。两人各要了大碗面条,外加两瓶冰啤。

“前后统共为你打过几次胎? 你陪过几次? ”我见他面条吃得差不多了,前面扯的闲篇儿也够他放松的了，才开始问。

他仰头把啤酒喝光了，我又给他要了一瓶。他颊边微红，眼里现出一种哥们儿式的热忱，句子明显变长。

“两次？我估猜的。这事儿我没陪过。你准以为我是个特别差劲的人吧。”他用力抹一抹脸，“她从不讲这些，所以我也不知道。而且我们俩……”看看酒瓶，似乎到此刻都还在为此困惑：“是她非要跟我在一起的，都不知道她看上我什么。”

“你不喜欢她？”

“主要我……搞不懂她。她就只是跟我睡觉。”

“倒像你吃了什么亏似的。”

“不是不是。我问你，你跟女朋友那……之后，是什么感觉？”

“感觉？挺空的吧，比一个人时还空。所以我现在对女人，大部分时候也不想。”虽是实话，可这么就脱口而出，也是怪。

“我也这样！我想，我大概并不喜欢她。”志华不自然地笑了一下。

“明白。喜欢归喜欢，睡……归睡，不是一回事。”我跟他碰杯，纵容凉丝丝的啤酒从喉咙管滑溜下去，“所以我一直就单着，不过也讨厌总一个人。”

“单着更好。你看我这！”他显得很能安慰我似的，替我又要了一瓶，“米米也没把我当人，你看，招呼都不打一个。”

“真想死的人，跟谁都不会打招呼。”我这样劝他，“对了，初音说你俩一直闹分手，主要因为什么？”

“没具体事。是我要分的，毕竟，我又不是什么好男朋友。”

“她不肯？”

“肯啊，立刻拉黑。过不多久又找过来，一进门就拉窗帘、脱衣服。就像，嗯……”志华用手转了下啤酒瓶,“像渴得急着要喝水。”

“是不是长得……她有点自卑吧?”不得不继续扮演全运会记者。有一个我并不喜欢的理论:容貌不自信的女孩会通过性爱来寻求价值感。

“她可是很摆的那种!”他用了一句老城南土话,是形容女孩子长相显目乃至飒爽的意思,“反正两人走一块儿,我是不大配她的……”

咦,初音可不是这么讲的呀。“给我看看她照片吧。”

“前不久全删掉了,”志华脸上有点尴意,“听修手机的客户讲过各种稀奇古怪的故事,反正手机里最好不要保存死去的人的照片,墓地啊、碑文什么的也不要乱拍,很容易出事情的。”

怀着似乎是对米米而不是志华的失望,我举起瓶子跟他很响地碰了一下:“那你们等于是,炮友?”

“不完全,我们还一起打游戏。要说我这人有点什么能耐，这个绝对算。”志华脸上大放笑意，“《王者》你晓得的，有一百星了我，一般的主播都能把他们打赢！”

“我最多只是贴纸牌或连连看。你不知道夜里赶完稿子是有多惨，什么都拼不动了。”

“我是干别的事都残，只有拼游戏才来劲，哈哈。有次在排位赛里碰到一个职业选手，都没干过我！这样讲你总能大致明白吧。”志华的模样越发雄阔起来，好像我们根本不是坐在这又闷又挤的小面馆里，而是置身一处殊绝异境，他在那里泥丸众生、霸业千秋。

好吧，我替他高兴。我把最后几根面条挑出来吸溜完，像往常一样，胃里撑撑的全是食物，可还是有种不满足的饿感。

志华又跟我吹了好一通，从这个游戏到那个游戏，重点是他如何从无名之辈到战神。见我兴致不大，想起我们见面的主题，敲敲面条碗，替我发愁了：“你这事怎么弄啊，就跟这空碗似的，啥都没，硬写？我是从小就怕写，也怕数学，文不能武不会的，活该只能打游戏。人总得有个特长对吧。你呢，主要是能写？”

能写吗？五年的泥坑都快成没顶之灾了，也犯不着跟志华详解，胡乱点头：“对，能写。不过米米这篇，就没人说得清她。本以为你……”

“可惜帮不上你啊兄弟，”志华真诚地抱歉起来，“想想也就是一起吃东西、睡觉、打游戏，所以女朋友真不叫谈，而叫做，怪不得都是这样开头：你做我女朋友好吗？”

都没酒了，但我们还是碰了下瓶子，像多年老友似的，还抢着结账。

“我请初音找到米米的病历了。她换过三本，前后统共为你打了五次胎。就在这家医院。也许就在她看过奶奶之后，就直接上九楼妇科去预约手术了。最后一次，病历上写到，找学医的朋友看的，说是子宫里面的那一层皮还是膜的，已薄得没办法再有小孩了。如果找不到别的原因，我认为这可能就是……”借着外面令人睁不开眼的正午阳光，我一口气对志华说出我的想法——没法说出的是：稿子是死路一条了。

“绝对不会，”志华也眯缝起眼，但很肯定，“米米讨厌生小孩的。”

“你这反倒知道？不是说你们不聊的？”我假作惊奇，心中直拍手。

“这是她在我们……那个的时候说过的。”志华有点涩嘴的样子。我也有点难堪，大太阳下的，深感这是对米米挺不敬的一个讨论。走了几步，一处广告牌的阴影下，志华又努力补充了一下：“她在那个时候，总喜欢乱七八糟地讲点什么。”

“挺好的啊，看来她很信任你？”我联想到酒后吐真言。以我不太精彩的性感受来讲，有时那也跟醉酒差不离吧。

“我不喜欢她那样，”志华在前头加快步子，“并不是说一定要像某国视频……但她总不该那样自顾自说啊说的。”

“都讲些什么？”我疾步跟上，米米竟有这样匪夷所思的诉说方式！实在令我称奇。人到底会在什么时候对什么人说出心里话？万一确实只有在这样的状态之下，米米才会吐露她的内心呢，对着另一具根本无法倾听和回应的交战中的身体？我突感一股悲怆，想到她每每过来找志华，哪怕都分手了还是要找上门来……“快想想看，她都说过些什么？”我追问。

“那种时候，我真没法听清的。你别问了，问得都有点瘆人。我不想再回想跟她在一起的事情了。

反正她说过这样的意思……原话我说不准，但这点我可以保证，她绝不会为生不出小孩去寻死。”我仍旧是坐往电子城方向的地铁，志华选了相反的方向。

我的地铁先到了，他好像是故意利用这当口儿来跟我补了一句：“米米走了，我当然很难过，但也有点松口气。”他表情复杂，说：“如果你是我，没准儿也一样。”

要跳下车去再问点什么吗？我没有动。我就站在车厢门口，听凭地铁门和安全闸一一合上，看着两道门外有点变形的志华加速后退，倏然不见。

9. ……整个晚上都在整理，本子一页页翻过去，写的都是鬼画符。那些以为比较重要、休戚相关的人物，不过是一扯就断的线头，我所能做的就是直接咔嚓掉。

比如下午的秦老师之访。没有打招呼,我径直前去。一路上想着,可以从她整天盯着远程视频看的加拿大儿子入手,套个近乎,都是母亲之心,也许她旁观者清,能看出米米的什么情况?她感觉米米与父亲之间,有着特殊的怨念吗?进而促使米米对秦老师发展出一种虚假的友谊,作为她的自杀掩护,以便大老远地跑到郊区——

“据著名心理学家某某教授分析,由于米米长期缺少父爱,反而导致强烈的恋父情结,乃至发展为极端的自杀行为。心理学上,我们常把这种自杀命名为‘图钉’型自杀,她是想把这枚图钉扎在父亲与情人的爱巢里。”是不是有点戏剧感?不过这离想象中的深刻性与社会性是有很大落差的。当然,这不是个挑三拣四、讨价还价的事儿。

敲敲门,倒是在家,隔着猫眼一句话就打发了我:“我也很伤心和同情,如果真有什么情况,老李肯定会跟你讲的。”南方口音的普通话，音质柔和。然后就再无声息了，不管我又在门外说了多少好话软话，都像说给吸音壁了。这近乎哀求的扮相，让我深感不适。

在附近呆鹅一样转悠了两圈，不时看到跟我年纪差不多的小伙子，顺利闯关传达室、单元门、防盗门，登门入户。他们是“饿了么”“闪送”“顺丰”“美团”“韵达”。看得我挺羡慕的，想着是否该给秦老师订份外卖或闪送海鲜之类，然后在这里截下送货小哥，我换上他的制服，然后得以与她面对面——黄老邪就这样干过，并无技术难度，但也不会得到什么坦率的呼应。故而我只是想了一下，就抬脚离开了。顺其自然吧，我找到这平庸的借口。多少时刻啊，我都需要这四个字。

如纸上判官，我划掉了秦老师，然后是杨保安，再是母亲。暂且保留下这三位：父亲李先生、初音和志华。对，还有一个特别客气的瞿警官……台灯惨白，笼罩光秃秃的键盘与皱巴巴的采访本，还有了不起的绿皮书。也许应当这样想，太容易掏出来的，最多就是李大人所不屑的那种烂大街货色。目前的空空如也，只能进一步地证明，米米之死，有着罕有的、无法归类的属性，不是吗？

我在电脑上东逛西逛，终于消磨到晚上十一点多——“哦忘了谢谢。跟志华聊得还不错。多亏你帮我找到米米的病历。”真是乏味的废话，她那边就算是自动应答也行。到这个点儿，我就是想抓一个能说几句的人，何况我这是在工作。

隔很久，初音发回两只毛茸茸带厚肉垫的猫爪，让人挺想摸摸的。我不再提米米与志华，推一个心理测试给她玩，讲讲新电影，帮我看星座什么的——想探察到哪里才是她的话语兴奋区。她今天很怠慢我，全是表情包应付。快要撑不下去的时候，我决定说说我一直想问的事情，你们做那么多代理，有什么对生发有效的玩意儿吗？我喜欢用“你们”，就好像我是在跟她和米米两个讲话似的。

不过两分钟，微信上就有了七八条未读留言，再一看，我被拉进了一个名叫“茂密森林”的四百人大群，熟人提醒里能看到有初音和志华。那七八条，现在已有十几条的留言，全是跟掉头发有关的讨论。

这会儿他们正讨论一种海带水疗法，群风极为谦逊和亲切，有一位正在晒图，对照海带水疗法以来的细小变化，有人分析口服与外用的差异，有的给出海带购买链接，有的认为南海的海带要胜过东海和黄海的，为什么？南海是热带，那里更有强盛的生长基因不是吗？有人就此转了一个关于南海主权争端的热文。又有人对前者进行了回复：先解决头等大事，再关心南海主权。我默不作声地作壁上观，感受着一阵阵突如其来的欢乐,忍不住又跟初音索要:“你们不是侍弄着好多群吗，能不能帮我再拉几个？”

“不嫌烦啊？”

“想感受下你……们的工作。这不是还没找到米米的原因嘛。”

“米米要是没死,恐怕都能被感动死了。”

面膜打卡群。精油小公举。酵素王。亲亲艾灸。战痘天团。素食永生。再见拜拜肉。一键美白。雕刻三围。

满筐满箩的留言,轮换着看了一阵,各群的诉求各不相同,但结构、生态与气氛大抵相似,有点像国外电影里经常看到的那种心理互助组,不过更讲究,比如精确到毫米的臂围与胸围。讨论痘痘,以高清动图划分区域。面膜成分与对应肤色被做成曲线图表来分析,可见对身体苛刻到一种庄重的程度。

“这一个个的,是多么爱自己啊。”

“别用这语气。你是不知道,稍微胖点丑点,连粉丝团活动都不让去机场举牌牌!”初音用语音发来,一副夜聊的架势。原来这算是她的兴趣点?

“米米也这样?她其实还好对吧?”我起码得弄明白,米米到底算“很摆的”还是“丑得能死一百回”。

“得看跟什么人比了,如果跟我比,那死的应当是我,并且你这会儿采访的就会是她了哈哈。”初音笑嘻嘻地敷衍,随即调头向我,“你不也是吗?不然你要治秃顶干吗?群里头男的也挺多。我们有个明星用户,各种女性护肤品他都买,可爽气了,一私聊,原来他做广告设计,老板以为他是同性恋,所以很器重。据说那个圈子里,他那样最吃香。所以他就索性一直假装啰,整天收拾自己。”

“嗬,这种事都跟你讲啊!是喜欢上你了?”心里再度焦虑起来,我到底想从初音这里得到什么呢?

“屁咧,越陌生越好讲真话呀。我就是阿猫阿狗,他也会讲的。”

“那你哪,什么情况下才会跟人讲心里话?”有心想与她探讨米米那种比较极端的情况,这么迟了,会认为我有别的暗示吧。

“交换。如果对方跟我讲,那我就讲。”

“我也一样。”四个字一发出,心里即感到一种异样感,觉得言重了。这意味着我们处于同样的状况,都想穿过重重夜幕,去无限接近那同样飘荡无依的彼此。不,打住,绝不能被这每夜例行而至的空虚所绑架。“不管怎么说,你们建这些群,也是做大好事,谁不需要这么个好去处?”我生硬地转移话题。

语音里传来一阵呵呵的笑,初音可能是含了一口水:“鬼咧,才没人谢我们,这个走了那个来,大马路似的，都没人发现米米好久没说话了，她还群主呢。我要哪天挂了也一样。”

“可不，我圈里的啥A股群、出版人群、帮帮投票群、设计师群、师门群，谁在意哪个怎样，谁晓得哪个在还是不在了。”

初音那边默然了，延续了好一会儿，我能听到她寂寞的呼吸声。

“等会儿替你吃夜宵吧！今晚你想吃什么？”

好像我这想法过分亲近似的，她冷不丁就挥手道别了。

第肆天

10.云南馆子。闹哄哄的等座卡位，边上俩小孩拿着冲锋枪互射，逼真的“嗒嗒嗒”声与拖长的“啊”惨叫声。真羡慕这两个讨人厌的臭小孩，他们一再爽利地死去，又那样轻易地复活，当然从他们瞄准的方向来看，有许多子弹都射到我的心脏里了。

我专心盯着他们射杀我，以避免看到头顶上方那只循环播放明星视频的大屏幕，它跟我一路过来所看到的地铁广告、公交站牌、购物街当季新品橱窗等一起交叉闪动着，覆盖视线所及处，以致总让我产生一种强烈的烦躁，似乎他们与我们，过着全然不同的生活。有多少人算是我这一伙儿的？杨保安肯定算，米米、初音也算。铁刚呢，快要到那一伙去了。李先生，还有我的导师常江，则要算广告上的他们吧，可能这正是我需要时不时见见导师的原因。

常江导师过来了，金属拉丝登机箱，咖色外套，臂弯上的米灰围巾半拖着形成一种风度。我忙起身迎接，发自内心地弓腰伸手，跟第一次见他的动作不差毫厘——常江导师有恩于我，这一份工，即仰仗他的全力推荐，尽管后来我也得知，这家公司是他朋友“脑袋一热”的新创网媒，底薪极低，招人很不顺当，他算是拿我去帮对方的忙。无论如何，我得以留在这里了。我感谢他，并仍像读书时一样，有阶段性汇报的习惯，趁他出差刚回，或正要出差之前，跟他和他的登机箱一起吃饭——除去学校课程（大多安排在晚间），导师几乎每周都要去外地授课，论坛、评奖、测评、对话。常老师很擅长讲演，一拿起话筒就如打开话匣子，书面语奔涌，速记下来可直接推公众号。

跟往常一样，导师刚坐下来就讲“今天有点不舒服”。偏头疼、嗓子干咳、昨天睡得很糟、腰酸、溃疡了、牙疼加重、飞蚊症、好几天没有排便。上述这些情况，有时只犯三两项，有时几乎同时发作。导师年轻时加入过戏剧社，故即便说着这样的事情，依然像念台词似的，抑扬顿挫。

我端详他，他每次都比上一次更为衰败，所有中老年的迹象都在比赛着包抄围剿他。我嘴里说着这种情况下应当说的“注意休息，导师的身体可比什么都重要”之类的话，可是可信吗？心里由衷感到一种强烈到类似祝福般的向往之情：就算衰败，这也是一种功德圆满的衰败啊。他所拥有的资源、成就、物质、家庭，如同互相叠加着的小砝码，与他的年纪恰好相称着，他走过了生活的一大半，正好也攀到了大山头，现在，他可以甘心和放松地去老、去死了。而我的山头——它到底有没有,有的话又在哪里呢?

常江导师对我各方面的状况很是了然，他说过,我就像他年轻的时候。这也许只是鼓励之词,而所谓人生导师,也是一种内心软弱的寄托,可不管怎么着吧,不时见一下常导,对我确实有着心理上的强健之效。

“公务舱走快速通道。我们能有五十分钟。”导师用手按着太阳穴,一边示意我不要管他,抓紧时间该吃吃、该说说。

想到五十分钟谈话时间,想到还有不到四十八小时需要交稿，好像前面二十多年都一直这样紧迫，一时竟不知从哪里开口。菌汤锅升腾起水雾，“嘟嘟”冒着泡儿,导师的脸在对面摇动。我注意到他的眼袋,肿得又肥又白,还有他的腮、嘴角和双下巴,都被巨大的重力所牵引,直往地面坠。

“导师你还好吧？”

导师瞥我一眼，嘴里塞满了东西，像牛那样很大幅地咀嚼。人们总会因为赶时间而吃下更多。“我打算移民了，”舌头与牙齿使劲搅拌着食物，“进行得也差不多了。”

见我错愕，一边解释，一边在汤里翻找牛肝菌：“看看我这张脸都成什么样了，尤其这里头(他指指脑子，又指指胸)损坏得更厉害！这到底算什么，想想我也是半截身子埋在土里的人了。”

他要抛下的都是什么啊，多少人巴望着他那一切，哪怕只是其中的五分之一、十分之一。我感到一种红色的疼痛，就像看到一座特别高级的大厦给爆破塌倒了似的。我这里还在拼死拼活地衔枝叼土、寻砖觅瓦呢！或者，导师是遭遇到什么毁名誉的舆论事件吗？论文、女学生、产学园腐败、站位问题。我尽可能地控制了一下声音和表情：“有什么特别原因？导师具体是有什么考虑？出去还是接着做专业吗？”

定睛看了我两眼，导师慈悲般地摇头：“这不需要任何原因。回头给你发些链接，你也看看。你想嘛，房产、媒体、实业、矿产、出版、教育、娱乐……似乎都有收紧下行趋势，一浪低，浪浪低，上游影响到中下游再影响到周边……”他高瞻远瞩又心平气和地指点：“要识时务。好些比我厉害得多的熟人都过去了。总归是有道理的。”可能是为节省时间，他每层意思都带着潦草的跳跃性。我觉得他有些变化。记得半年前见面，他还跟我有声有色地骂了一通学术寄生虫，然后像布置作业似的跟我推了一本《被仰望与被遗忘的》，跟绿皮书齐名的非虚构必读。没来得及看，本担心他这次会问。

“再说人到晚年，需要一流的医疗。我想活久一点、好一点。真的，再忙三年，最多五年，多挣点，就彻底出去。外头看牙可是最贵的。”他指一下腮帮，一边从老豆腐上挑出辣子，又舍不得地捡回几个。“说吧,看你有事的样子？我帮不上具体忙,好歹还有说几嘴的能耐。”

“也没啥,跟导师一样,没具体原因,就是想动一动。”我用挥手赶蚊子般的练达的口气。跟移民比,算什么呢这?“手上还在采一篇,也许会烂尾吧。反正多一篇少一篇,一样嘛。”轻松地摇摇头,这么一说,连自己也觉得挺有道理似的。

“我,严重不赞同。不要在不好的状态下做大的决定。我们到底应该如何处理现实与理想？这不是简单的指向职业升迁,或生活方式,这需要分几个层次来看。最要害的,其实是关于自我人格的理想……”如同精英论坛开讲,导师握住了隐形话筒。经典国际理论,最新心理学发现,具体个案分析。“再说你三年还不到吧？在一个行业的积累很重要,你知道才华其实是什么，说到底，就是在一个领域里的功劳和苦劳。《卖油翁》还背得吗，‘我亦无他，唯手熟耳’。跳槽要慎，这里有一个双向悖反理论……”

讲到大概第四个层次的时候，微信响了两声，他皱眉看着，回了一个语音，平淡又亲切：“你这是做啥呢，我们俩哪需要这样，也太客气了。”再切换到跟师母留言，让她到门卫室取三份螃蟹，两人商量了几个来回，另外两份送给谁合适。然后又跟两个人（其中一位是通过秘书）要了地址。途中他不忘用下巴指菜，示意我抓紧吃。

我给导师盛了一碗汤，他心不在焉地喝了几大口，又接着开谈，准确地指向我的采访稿，如靶向药：“要好好写！再难看也要写下去。这世上没有什么是不能写的，就像没有什么人是不能爱的。你明白吗？所有的事物与人，都有发光的一面，既在它的生命体里，也应当在你的稿子里。”突然停住，给师母留言，说：“家里那份也不留了，你不是跟某某的太太是微信好友吗？马上给她闪送过去。”讲完即迫不及待起身要找洗手间：“我最近开始尿频了。”

时间已不多了，我把没吃完的牛肉打了包，一边在脑子里尽量抓取老师刚才的讲话要点，哪几句算是可以推一把，让我能继续撑着往前走的。这就是我今天想要的，不是吗？

餐馆出口，一排射灯自头顶而下，导师本就浮肿的眼睛更有些异样的红丝。我问：“又有哪里不舒服吗？”

“我什么时候舒服过啊！刚刚吃急了，胃疼犯了。我今天都跟你说了些什么？说到理想我是怎么讲的？唉，实在太累……你知道的，我现在已经不大会说出自己的真实想法了。刚才在水池子边，突然心里很难过！想到我在你这个岁数，那也是很苦闷的，可那也比现在的我强多了！我得好好想想，当时我是怎么样的，然后我再告诉你……今天是来不及了，下次再说吧。哦，围巾，谢谢，现在总丢三落四！看到熟人还想不起名字。”

导师的身影像一粒小方糖，很快融化在咖啡般又香又苦的机场大厅。我挥了好久的手。一边咀嚼他道别前的话，像按下一个撤回键，把这整个中午他带给我的力量全都消弭了。或者这么些年，那力量本也是信则有不信则无的吧。

下午我给初音留过三次言，想约着去她们的合租屋看看，顺便再聊些别的。比如米米还有别的消遣和去处吗、加入过什么团队或活动之类，哪怕就是个读书会或绣花小组也行啊。也许那里有她的知心伙伴。思路需要全然开放，倒计时利剑已经离我的头顶心越来越近了。

初音的爽气全然不见，推三阻四起来，说米米那间屋早被房东清空了重新粉刷过，都有新客住进去了，带个两岁宝宝，夜夜哭得她睡不好。我解释说这不重要，或者说，这个年轻妈妈和她的夜哭郎，就是有用的。

我给初音拍去绿皮书里的重要段落，那些地方我都画上了两道杠。按《纽约客》审稿要求，其每一个具体之处，哪怕是小说，也要“精准调查”。例一：一篇名为《两万美元》的小说，里面的角色于 1979 年前往麦当劳享用麦乐鸡块，而审稿员指出，麦当劳推出这个产品的时间是 1983 年。例二：某稿子里写到叶芝故居，建筑物上挂着“叶芝故居”的牌子被描述为“椭圆形蓝色瓷板”，这真的准确吗？是否为黑色釉锡？于是辗转联络，派当地人骑上自行车，去实地确认。

“因此你明白吗初音，我去过郊区，也找过她妈妈，可最重要的是得去看米米住过的那幢房子，它的楼层高度、涂面颜色、新旧程度、外头挂的衣服等等。生活就是由各种细节构成的，细节是无比神圣的，你明白吗？”

隔了很久，初音给了我一个门牌地址，然后说：“今天我不在家。”

“那我等你在时再去，迟点也没事。”

“你来的所有时间我都不在。”

这下明白了。其实也有感知，她有了点变化，或者说，我与她之间有哪里不大对头，包括我这样仿佛是死皮赖脸地要去她的住处。故而对她的这种躲闪，我似乎又是全然理解乃至有“人同此心”的想法。扪心自问，我对真的要与她见面，也存在着不可解释的恐慌与忧虑，担心我们这种纤细的联系会承受不住，会绷开，咔嚓就断送了。

意识到这一点让我有些烦恼，但决定置之不

理,只保持一根筋的敬业感:莫非初音的回避,还隐藏着与米米有关的什么鬼心思?

“这么不友好!你们真算是好闺密吗?怎么她出事,你连动态都没有发一条?”可终于问出了这个疑惑。

“发条集赞吗,集赞到 100 她会活过来吗?”她硬戳戳地发回一条语音,密布着暴雨就要到来的乌云。

也有道理。

11.傍晚六点左右,我在 506 室敲门。鸟倦人归之时,总该有人回来了吧。哪怕只碰到那个带宝宝的女人,到她房间拍几张,最好能拍到尿布和小孩衣服,然后与米米打胎的那个妇科指示牌搁一块儿,读者们准会乖乖地进行联想。固然这角度还是很平庸,聊胜于无吧。瞧,我都能接受这样的想法了。

没人应门。机械地下楼转悠一阵，再上来敲几下。都快七点了，越等倒越是不急了，耳边偶有轰隆声，那是时间的加长货车一辆接一辆地从我身上开过。楼下有一个小园圃，被冬青树围拢着，扔着水果箱、旧玩具，还有只旧单人皮沙发。就这坐会儿吧。

沙发的斜前方，有几棵半黄不绿的树，认不出。应当不是柿子树。冷不丁想到老家的院子，小时候在那里爬上爬下，短暂又模糊的记忆……我翻出家里的号码，看了几眼，又关掉。

眯上眼睛打盹儿，正到有点困意之时，有"嘟嘟嘟"声自远慢慢而近，睁开眼，一只握着拐杖的手离我的头只有两厘米，手背满是老人斑。得。我起身，就近找地方蹲下，远远的仍然可以看到单元门。想起一个最新的研究发现，说东方式的久蹲有助增强性功能。哈。

老头儿很郑重地坐下，拐杖放妥，用脖子上挂着的眼镜，换掉脸上的那副，对准我上下瞅瞅，再换回去，极自信地说：“你不是这里的。”

“嗯。”

“七点到八点，该是我坐这里。”

“您老尽管坐。我……等人。”

“其实屋里有人。”他的兴致极为盎然。

“您？”

“我住505。猫眼里瞅到你一共打了五次门。”我一时沉吟，米米的事不知算不算这小区的新闻。“是那小娃娃的爸？不能怪人家不开门。”

看来完全不知道。也是，假如我或者铁刚哪一个挂了，对门的住家户哪里会晓得呢？何况米米又不是死在这里，她这“郊区”一招可实在是高明，如无影脚，哪儿哪儿太阳都照常升起。

这样也好。我摇头，含糊地说：“是找我以前一个女朋友，有一阵没联系了。”

“哦你说她啊，那也别担心。十点多，那丫头就会到这儿坐着了。我跟你说，这叫铁打的沙发流水的人儿。”老头儿被自己的幽默逗笑了，笑出一口痰，脖子里的青筋抖动，“我早上五点半起夜撒尿，能看到扫地的老白第一个占窝，他在这里吃豆腐脑儿。六点多，四五个妇女在这里围成一圈儿耸肩膀扭腰。九点，前楼的胖婶子过来剥毛豆、撕豆角，我就奇怪了，她怎么一年四季天天儿都要拾掇菜，连豆芽都要择根掐须的。十二点半，会有个跑快递的小伙子来这里打盹儿，大风天下雨天，他囫囵地裹在雨衣里照旧能睡，还真叫有本事。下午哪，人就多了，带狗来坐的，抽两根烟的，小孩子来玩沙子打架的，搞卫生的，收旧货的。我这时就最提防的，怕有人把这沙发给拖走，那可就完了蛋了。然后到晚上六点……”

腿都蹲麻了，可终于等到老人家分神了，忙掐下话头就势站起：“到晚上十点多，她就这里一个人坐着？”

“我这还没说完呢。晚上六点往后，可真是要排班的。天越黑，这里越是抢手……”见我要往旁边走，他说：“可不就是一个人坐着。都一个人啊，有的玩手机，有的打电话，有的盘手串儿玩。还有像叶老头儿，喜欢举个小收音机，不晓得他能听个啥，早都耳背了。”

“那她干吗呢？”都不知道，我跟老头子这会儿说的，是同一个人吗？是米米、初音当中的哪一个？

“她吃东西。纸饭盒或塑料袋，窸窸窣窣响，吃得特别慢，我都觉得她不是在吃，是图嘴巴里有个东西在嚼吧。”

要说吃夜宵，这像是米米。我想了想，换个问法：“她一天不断，每晚都来的吗？”米米总归是不会再出现了的。

“有一阵子是没来，我还奇怪呢。但最近又来了，不吃东西，改抽烟，打火机啪啪响。”我想我明白了。老头儿继续以自信的口气说：“相信我，你就在这里守着吧。等我这里完了，是楼上的小胖墩下来跳绳。然后是陈工的老伴儿，陈工死了之后，她接过来，说是替老头子坐的。再然后，就是你女朋友啦。”

“她们那屋，共几个人住啊？”最后再努力下，看老头儿是不是有区分。

“三个啊。一个刚生出个娃。一个是你女朋友。还有一个晚上五点出门，到凌晨四点才回，头上总扣个摩托帽，我家猫眼又变形了，我就一直没看清是男是女。我家里还有一副眼镜子，专管看电视和看猫眼。你可别笑，现在什么传销啊吸毒啊瞎搞啊，都是租房子闹的！”他下唇收紧，显出一种市民式的铁肩道义来。

看看他混浊有如鸿蒙之初的眼睛，一阵惊悚的欢乐袭来，他刚才讲的那些在这个沙发上轮流坐过的人，可能都不是他所看到的那些人。他从来就没有分清过米米与初音，甚至包括那位年轻母亲或晚出早归的夜行客。

可以确定，我今晚谁都不会等到了，得跟老头子拜拜了："腿麻，得溜达一圈儿去，省得跟您这儿抢沙发了。您倒是说说，这破破烂烂个露天旧沙发，他们一个个的图什么，家里多舒服嘛。"

"别人我闹不清。反正我是觉得比家里强多了。你想，这远远近近的，毕竟会有人走动嘛。按说年轻人不应当，正是热闹的时候嘛，我不懂你女朋友是咋回事。想我那时在工会，我爱人在粮油站……"老头子开始回顾他曾经也有过的热闹，我一边活动手脚，一边慢慢后撤。

"这是一幢二十世纪九十年代的厂区老宿舍，

翻新过的乳黄色墙面又被夏季的雨水覆盖上了弯弯曲曲的屋漏痕。9.8 平方米，米米生前租住的房子如今已没有任何属于她的东西。从她五楼的窗户往外看，可以看到几株没有挂果的柿子树，树下有一个被人丢弃的旧沙发。据邻居大爷告诉记者，晚上十点左右，她总会到这里来坐坐。次日五点半，负责小区卫生的老白，会在米米坐过的地方扫掉当天的第一批烟头。”

是否可以用这个场景来开篇(对，柿子树是我添加的)，然后一条线由此倒叙，追溯米米的过往，另一条线向后，再现她如何走向死亡，最后形成总体上的逻辑性闭环。是啊，在绿皮书里，关于时间调度，有一个挺有意思的建议，就是最好能在整个事件中掐到一个类似于 0.618 的黄金分割点。并且，对时间进度条的前后拉动，也千万不要遵循老实巴交的匀速，比如晚上十点柿子树下的米米、康复病区奶奶病床边的米米、郊区公寓那个破花园里浇水的米米，她可以无限循环地停留在里面，只要我不喊“咔”，就一直不停。这些都是米米的时刻，像常导师所说的，属于她的独一无二……

我自欺欺人地遐想着——别的不说，就算真有柿子树，坐在下面抽烟的很显然是初音啊。可这个细节我还真舍不得抹掉。想了想，正好给米米母亲打个电话吧。

“不抽，这个我敢肯定，她一直很讨厌闻烟味。”

我觉得米米母亲不应当这么自信。我不禁脱口说出：“呃，她有个男朋友，您也是知道的吧。”

“这……没跟我说过，”声音控制得不错，还平稳地补充，“又不是结婚对象，也犯不着跟我说。我估计她爸也不知道。”能胜过做父亲的，就讲得通些。

“还做过好几次人流。”没有讲具体次数，好像这样就算体贴了。话一出口，我就羞愧至极。米米对此守口如瓶啊，她认为母亲不需要知道，连志华都不需要知道。

“就为这个去寻死了？”迅速反问，声音很尖，一下子抛到很高，如果不管前因后果，简直觉得这是一种喜悦的声音——她在等着我接下来的确认，以便终于可以一下子从空中直掉下来大哭一场。

真希望我这就是来告诉她原因的啊。现在轮到我控制声音了：“不，阿姨，我觉得不是。”本该解释下我的推理，讲讲志华其人以及米米与他的关系。但我的错误已经够多，我让自己闭嘴。

电话里毫无声音，可能米米母亲把手机拿得远了。我想起她的玫红色冲锋衣，还有被寒风吹得通红的腮，她跟那些半老的人一起在黑黝黝的湖边放声歌唱。

“要这么说，也许米米还真的抽上烟了。”她顿了顿，“你一定觉得我这个做妈妈的很差劲吧。”

“没有的事。妈妈就是妈妈，挺好。”

“谢谢。”她似乎是这么说了一句，挂了。我往马路上看去，马路被各种小门面房内的灯光照成了一格一格，像深夜行驶的火车躺倒在地面一样。我看到好多母亲，年轻的、衰老的，坐在灯光的火车里。

12.极疲乏，还得打理下头发。那半瓶白兰地，喝一半，头发根上抹一半，动作很慢，四处洒落。常说所谓放空、放空，我这脑子里是真的空了。外头突然有人猛力捶门。我从脖子上取下毛巾，暂且包住头发。

两个人扶着铁刚。进来后把他丢在沙发上，个子高的用下巴指挥我：“家里有碘酒吗？再弄些冰块。”

我抓住矮的那个，“嗳？”那人瞅瞅我头顶上的毛巾，鼻子嗅下，带点嫌弃地掸开我，嘴巴努下沙发说：“我们只是负责送回家。”两人推开门走了。

铁刚额头和颧骨有两处青紫，左下巴净是血。衬衫的肩膀和领口处都破了。裤腿上好几团脏污水渍，像被人在地上踢滚过。可都是名牌啊。酒气挺大，也可能是我身上的。

“俱乐部还上演全武行啊？你不是从来不喝的吗？怎么回事这？”铁刚双眼微合，不答。我替他处理，手法不熟，应当很疼，他愣是咬着不大能咬得上的牙，不出一声。直到我让他漱口，他这才吐出嘴里面的半颗牙，说：“别扔，要留着做纪念。”那晚就再没说过别的话。

到底发生了什么呢？与俱乐部里的大佬发生瓜葛？为着某个远大前程的位置，他与另一位年轻人相争？为某位女郎？有人误会铁刚的性取向？或者反过来，我想起初音讲的故事，他放任这种误会，但被发觉不是，对方恼怒……

半夜里，铁刚叫唤起来。平常很少进他房间，他挺在意这个的。眼睛肿得都睁不开了，用手指着肚子，要止痛片。床下面有个暗屉。除了各种药，还有套套、膏油、丝巾什么的，抱歉不得不窥见。找到药倒了水，又把被冰块弄湿的枕头替他换掉，算是伺候完了。他用厚嘴唇嗡嗡地谢我，随即紧闭上眼。我把询问的话又咽了回去。

躺下来忽然想起那暗屉里有几盒药很不常见，西什么普兰？一查，是西酞普兰！唉。他真是要强，连病都瞒得这么成功。我把床头灯又打开，盯着投到天花板上的心心。后脑勺儿猛一阵发紧，铁刚此事提醒我了：会不会米米就是纯粹的抑郁症？一场未被觉察的暗疾，甚至她本人都不自知，所以不过就是因病而死，并且还是一种多发常见病。不，当然不是。我咬紧牙关,立刻拍死了这个可能。

不过我能感觉到自己正哧溜溜儿地急速下滑，呼呼的风声如耳语怂恿:算啦算啦,真有必要如此执着吗?就算此稿在明天还有百分之一的概率起死回生,再以千分之一的概率大热,然后我再以万分之一的概率拐到顺风车道,就此开挂,一步步攀升到高处,得以饱览人上人的风景,就像我的导师和他的高级朋友们一样，成功得能把人生给交代了，都可以去国外养老,去混吃等死。那真算有意思吗?

还不如现在就死得了！哈哈,那就成为再一个米米了。人们也同样会对我感到困惑吧,咦,这家伙莫名其妙地为什么就死了呀,什么都好好的,并没什么过不去的事情啊。一个接力跑的死循环。有趣得紧吧。我在恶作剧的遐想中倦意沉沉。

铁刚那边偶尔传来一两声哼哼,要给他女朋友那边打个电话?算了,他肯定不愿意我打。每个人都活该独自呻吟，每个人都拖拽着无人知晓的水下冰山。

第伍天

13. 早上九点半，瞿警官在他的办公室接见了我——一大早接到他仁慈口气的短信，我像饿过头的人，已无胃口。但当然要来，万一呢——一身制服，胸前别着工卡，坐得很端正，十足“接待媒体记者”的表情。

得体的致歉和寒暄，我们相握的手刚刚放下，他即做出“请”的手势，手势很标准：“手机和任何录音设备，请放桌面上，关掉。”

“您这么紧张，莫非是他杀？”我有意嬉笑。相比而言，这位瞿警官真可谓温文尔雅了。

他不作声，笔直地继续保持伸出的胳膊。好吧，我可不希望他成为雕塑。

现在，他脸上终于稍许缓和了一点，飞快眨了眨眼——这让我看到了他本人，只半秒钟，随后，他又不见了，只剩下制服、工卡和假笑。

我掏烟相敬，他指指墙上的标识。我拿出本子和笔，他没有阻止，只往后背靠靠。

“呃，蒙您帮忙，也采访了几位米米的亲朋好友，但还是没有找到她这么做的原因，请问您……”

他打断：“这就是一起普通自杀。说句不好听的，在我们这里就不算个事儿。所以确实无可奉告。”他说起“无可奉告”来那么顺溜，像是在说“你吃饭了吗”。

“明白明白。我只是想了解，她为什么……”

他没有吭声，只把两只胳膊胸前横抱：“这是你的事儿啊。”

“我采了一大圈，小事小情的有一些，但绝不致死，所以我这，只有向您求教和求救来了。”在他这里，装软认㞞是有效果的。况且我也不是装，我说：“总不可能无缘无故去死，我想您，一定有着很丰富的经验……”

再次打断，非常娴熟地打断，他有控制谈话的习惯：“为什么要寻死，不能再简单了。别看说起来都是各有各的麻烦，到最后一捋，无非就是为名为利为男女。”我不大愿意，也不大同意他用这样的语气去判断米米或随便哪个人的死。虽然他也可能有他的道理。

我点头记录，写到“男女”两字，突然想到，初音的态度那样怪，会不会她与志华之间也有点什么？三角恋关系中，米米选择了离场？还是说，与她们合租的那个性别不明的夜归客，与她们之间，有现代派的性别纠葛？天，我这是想到多远了，也真是半癫了。我在“男女”二字上直接打几个叉叉。

大概是看我有点穷途之相吧，瞿警官放松地站起来，双臂举成“十点十分”，同时扭起他的腰：“你起码要做凶案才对啊。当然我这里也是无可奉告。”

“呃，我一直是想着，所谓的自杀吧，某个角度讲就是他杀，是这里一刀那里一刀的合谋，所以我心里也是当作凶案来做的。有可能米米这一桩上，我是运气不大好。可再无聊的自杀也该有个原因对不对，这想法难道哪里错了？”我听到自己的声音像害牙疼似的。

他没吭声，只把手臂交叉背到身后，并继续扭腰。我觉得他的脸上多出一点若有所思。

“嗯，现场照片或她的遗书，能不能给我看一下？还有她的手机通话记录，不知你们有没有查到什么特别的？”这是我此行唯一的寄予所在了。

“过去太久了，销号归档，爱莫能助。”他复又端端正正地坐下来。

“啥时销的号？就算归档，那也还是有个档

在啊。"

"昨天,不,是前天。已经不在我这一环节了。"

"看这时间点掐的,谢谢您拖到今天接见。"我气得都笑起来。也可能他真有这么一个勾销期,跟户籍那边配套,是啊,这是人类正当的新陈代谢。

瞿警官没有笑,说:"你到底要找什么呢?就算给你看档案,也没啥有用的。"能听出来这是他本人在说话了:"你有你的难,我有我的难,这是我的饭碗明白吗?瞧,能给的号码我都给你了。"

当然,杨保安和初音,可都是拜他所赐。我又摸出烟,他这次接过,把门掩上,又把窗打开,站在那里点上,吸一口,然后把烟伸到窗外:"她把手机恢复成出厂设置了,SIM 卡也扔了。通话记录当然还能查到,可你想想她这心劲,怎么可能跟谁去交底?包括现场的烟雾报警器她也给处理了。活儿干得可真是细——你不要误会,我警校有个师兄,为写论文评职称，叫我给他查过辖区内几年来的自杀数据、不同模式啥的。这事也有一比,处理得有好有孬。”他把烟弹到楼下去,谨慎地把屋内的空气往窗外又扇了好几下说:“比如说跳地铁，耽误交通不说,清理也特别不容易,完了还牵涉到赔偿官司什么的。所以我说这个小姑娘,考虑周到嘛。”

“她最后留的那纸条,还有印象吗?能不能跟我说说?我保证不出现任何与派出所或您本人有关的文字。”我把手压在胸口起誓。

瞿警官看烟味散得差不多,把窗户关上,把门打开,并把我往门边上带:“人家姑娘为什么要那样仔细?就是不想再麻烦任何人嘛,你又何苦违背她呢?真要怕交代不了任务,那咱公对公,让我们头儿去给你们头儿说说?一看你就是努力的小伙子,老哥可以帮你这个忙！”

“我也不纯粹是为了写稿子。这稿子不写都行。

我就是特别想知道为什么,也等于说是总结经验教训嘛,你明白吗？万一还有别的人,跟她一样……”吸取经验和教训！哈,怎么说得这么正儿八经的,确也是发自肺腑。我停住,觉得自己泄露了什么。

瞿警官这次没有打断，在我有点语塞之时,还停下来等了我好一会儿。他一直送我到楼下,摘下帽子透气,并回递了一根烟给我说:“是啊,汲取经验和教训。谁又是仙人呢,哪个身上没点事……你猜我多大岁数？”

“四十岁吧。”我看他发白如雪,脸上纵横,咬咬牙,往最不可能的小数字里头说。

“记者当然都是小油嘴儿，一般人都以为我快退休了。其实我四十岁还不到。活该老相,真没几个人能挺过我遇过的事。”

“您……”我犹豫着,如果不是采访需要,我真特别怕人跟我说心里话。我看看他,尽量不闪挪眼睛。他都挺过了什么？给老衰成这样。

“不讲不讲，跟记者是什么都不能讲的。不过我想你刚才讲得也对，我们得汲取经验教训。小伙子有意思哈！”他打起送客的哈哈来。

大约一刻钟后，我收到瞿警官一条彩信，放大看了看。是米米留下的那张纸条。

请打报警电话。跟任何人没有关系。这是我自己的事情。

怕浪费纸张似的，只是半张A4纸，手撕处还带着毛边与斜角。字不好看，但挺端正，三个句号，像三颗小黑珍珠，圆圆的，透亮。

14.有未读微信。李大人：一个加粗的大问号。她已经愤怒得不发文字了。

想了一下,回她一个加粗的大感叹号。这出于一个无聊的文坛小掌故,表示即将诞生伟大杰作的狂喜。都此时此刻了,我还酸乎乎地玩这一套。李大人显然明白了,赏脸回了一个表示加油的动态图。

派出所离电子城很近,反正要吃饭,不如再去找志华——顺便换个角度跟他聊聊他们三人的关系。这显然是瞿警官对我产生的影响。也或者,我对于米米在高潮时所喊出的倾诉还是难以释怀,我甚至觉得,光凭这一点,我就能好好地写上一大篇。这是多么夺人心魄的呼喊!可惜志华没有能领受到,还是说他刻意瞒过了我?我真不能放过这个点!哪怕并不能写到稿子里。

给志华的微信发不过去了,果然是喜欢拉黑。这可拦不住我,抬脚就往电子城去,二十分钟后,到达他的柜台。

场景与三天前类似。柜台里仍是小山似的手机残骸，外头徘徊着两个等手机的人，柜台里的人在埋头修手机。后背上仍是二维码，柜台一圈也是二维码——我重新扫二维码，跳出一个更加花里胡哨的维修优惠券：是另一个人。

志华离开了。为躲开我，因为那五次人流？躲开跟米米有关的任何挂碍？他跟米米之间，有着更深层的压力吗？我一时感到失职的踏空，也有负疚。我其实是同意他的，米米怎会为此事去死呢？但采访本身似乎就破坏了他原有的木然与自足，我想起他拖着鞋子、疲沓地走在我前面——他这是到哪里去了呢？

哦等等，我想起来，可能就昨天还是前天，我看到工作群里有人刷过一条消息，并报了选题，有家热门公司开出挺不错的条件招募竞技类游戏高手，并打算设立世界级顶尖赛事……我搞不清志华的真实水平，但瞧着那推文里广招天下贤士的意思，挺适合志华去投奔的。当然，这是我一厢情愿的、免责般的设想。我甚至还想着，是不是可以追踪一下志华？说不定可以换个后续角度来写。

六个月后，站在王者之路的总冠军领奖台上，游戏少年志华仍然记得传来女友自杀消息的那个遥远的下午。

得了得了，马尔克斯老先生会从坟里爬出来杀了我吧。

我软绵绵地倚在柜台边，像在陪那两个不耐烦的家伙等他们的手机。软绵绵的原因不是无力，是一种仿佛全身麻醉般的飘动感。感到更饿了。祝你好运吧志华，无论你是想躲开什么，或是想寻找什么。本来还挺想再见你一次的，也可以不采访的，好歹能两个人一起吃东西啊。

买了一个烧饼，没想到是冷的，因边走边吃而更加难以下咽，但总比一个人坐在铺子里强。我走得很快，竭力想逃过那种感觉——时间，时间正从我身上轰隆隆轧过去，现在不是大卡车了，现在成了地铁，还是高铁？想到瞿警官说的，轨道上的肉体很难处理。于是我又把时间换成了飞机，宽体波音777。这就对了，时间在我脸上飞逝，呼啸如响亮的耳光。

有人来电，米米父亲。他说他不得不专门打个电话来，然后用书面语的表述方式感谢我转发给他的米米"遗书"照片。

"现在我能认出她的字了。我在家里头找到她以前的一个小记账本子，哪天办了理发卡，哪天吃重庆小面，哪天买两斤半糖炒栗子。如果现在警局再喊我去辨认她的字迹就好了，并且我现在还能知道她最喜欢吃什么呢……"我嗯了两声，不知如何回应。他也默然了片刻，然后再次谢我，但是终于还是忍不住提出修正,说“遗书”这个词并不准确。应当是留言条。不,“遗”字,最相宜。因为留言条的话,还应当有落款和时间才对……

我想他是不是还是坐在沙发上,白皙的手轻轻抚摩着沙发扶手,周围堆着秦老师的空画框。

“我在吃午饭呢,一个烧饼。”打断了他。我需要跟一个人说下这个冷烧饼,不管他是谁或他会怎么想。

他很明白地笑了一声,切换成有点欢快的语调,好像我是一个正在喝苦药的三岁娃娃。“我一直讲的,人要放眼大千世界而不是小我得失。上次那个可燃冰,你还记得吗?那十全十美、取之不尽的最优能源,其唯一的障碍在于开采……”他很自然地跟我讲起了当前世界各国的前沿试验。热激化法、减压法、置换法这三种方式的利弊,但都还没有能够真正解决可燃冰在开采过程中因升温而分解的问题，而这又会导致不可逆的环境污染……米米父亲真的比上网搜索要好多了，不时夹带着“有趣得紧”。

我听得很专心，一边把冷饼子用口水泡烂，尽可能慢地咀嚼——麦子的味道，在我快要咽下去的最后几秒，朴素地香起来。在这种余香里，我收回了对米米父亲曾有过的不屑，并与他达成了某种一致，对于人类知识进步的纯粹性观赏，或者说，对生命本身的寄寓与排遣之道。

如果说整个采访的子弹还有最后一发，我想留给初音。对，我认为我根本没有完成或者说就压根儿没有开始对她的采访。所有那些微信对话都有网友级别的可疑。当然应当与她面对面啊，从她的快速眨眼、无意识的小动作与结结巴巴，来判断她与米米的真正情况，而绝不该以一个秃顶光棍儿汉的身份在深更半夜愚蠢地抒情。

等等，为什么是子弹，这是自动冒到我脑子里的比喻，我当然不想初音死。我站定，不能不想到弗洛伊德，他对口误，总有着令人失笑的推理。他认为，坑、水桶、木箱、炉子、蜗牛、森林、水流、首饰盒等皆与阴户有关，而军刀、左轮手枪、水龙头、指甲锉刀、吊灯、自动铅笔、喷泉、气球等则寓指为阳具。我这是越来越不讲文明了吧。

“请给我一个定位。我这就过去。”我直截了当地给她留言。

毫无反应。

“我没时间了。”最好她是以为我也要去寻死。跟寻死也差不多。明天一早，我的稿子就应当像个胖儿子一样给生出来，并躺在编辑的邮箱里等着迎接人间的第一缕阳光。而到此刻，我这个胖儿子连他将要投胎的子宫都还没有找到呢——又来了，我为什么总在这样的比喻里打滚?

发来了定位。还真是个好姑娘。艳阳当头,我有点目眩。不是为了终于要见到她,是为了可能被打开的真相。我没有打车,那没有地铁安全可靠。我要平平安安地见到并剥到那个核。

出了地铁就是她所定位的国展馆。彩旗飘摇,人山人海。巨大的气球,巨大的拱桥,各种奇装异服的女生,简直以为来到了什么理想国。女生们露这里露那里,或者裹这里裹那里,鞋子、帽子、眼镜、皮肤颜色什么的全都怪力乱神。有一个女孩我从上地铁就看到,白头发直拖到地,白头发下面是全裸的黑色后背,非洲朋友那样的黑。地铁上看她这打扮,很扎眼,一到此处,就平常得很了。

盯着一张不知何时塞到我手里的导览图一看,原来如此啊,Cosplay(角色扮演)年展会,她们通通都不是三维世界里的人物!我一下子有了不好的预感。

我发起位置共享，初音没有回应，也不回答我对她具体展位的询问。在走过二十来个展位空间之后，反倒有点奇怪的醉醺感。女仆、女王、女侠、女巫、女妖怪、女动物、女生灵。每一个都可能是初音——初音在忙着自拍，给别人拍，或者合影。她打着 V 字手势或爱心手势，无休无止地摆弄着道具与造型，没有所谓的胖瘦美丑，绝对完美极了。

我现在多希望回到第一天，我当时就应当直接冲到初音那里去才对啊。

我不顾礼节地直接呼叫起视频通话，这差不多是我的最后一口气了，得用力把它吐出来。

响了很久，她切换成了语音。嘈杂市声中我听到她的声音，与晚间判若两人，显得明快和虚假："你要定位，我不是就给了吗？你具体有什么事，就这里说好了。"我突然醒悟，从一开始就是这样，她最多只是告诉我她在哪里，可从来就没答应过见面。这花招当然并不复杂,只是我一直迟钝不觉。

“都到这里了,见一下呗。你们穿成这样,我怎么找到你啊？”有那么一瞬间,我想到美甲,她会跟米米一样,十只指甲都精心装饰的吧。然而四周一瞧，这里所有女孩的手都不是日常的手了。“那要不,我把我的照片发你,你找我行吗？”我装傻似的,仍在争取着跟她见面。

“见不见一样啦。有好几拨记者给我们拍照的呢。黑眼镜,小平头,黑双肩包,脸上有点油油的。我估计你们也都长得差不多对不对？”

给她说得又想笑,除了头发少点,我确实是这模样。“那要不你发一张给我瞅瞅?看到照片那我就不找你了。”继续讨价还价。

“本来就不用找,我们不在一个世界呀。”声音笑嘻嘻的。

“为什么,你能说说为什么吗?”我不解,不禁放慢语速，好像我这是在跟另一个世界的米米通话，她正在用一个曲折的附体的方式,回答我这些天来对她的全部追索。

“这你都不懂吗?我在二次元,你在三维啊！哈哈,好玩吧！我们就没法见面的。”

我吁一口气，从米米那里又回到初音这里。“哎,能不能问下,你为啥喜欢玩这个?”

“就傻乐呗,可以拍照啊,还有好多人会说喜欢我,可实际上他们看到的又不是我,哈哈。”

“你挺开心的?”

“开心,都开心死了。”

15.我爬上128路车,去往郊区的终点。城外的天色已经开始暗下来了，车辆和行人开始稀少,紫金山近在眼前,忽又在身后,如同在绕山打圈。我们摇摇晃晃地往斜阳深处驶去，砖红色的暮光照进车厢，一对拖着行李的情侣头靠头在打瞌睡，那动荡中的依偎感人至深。

杨保安身端如钟，勾首向下，嘴唇暗中翕动。有人或车辆通过，他便抬头投射出一个假作机警的眼神。他也用这样的眼神投向我，随即收回。看来是忘了我们曾经见过，并有过长达一个小时左右的交谈。

我走近传达室的半截透明门，晃晃手跟他打招呼。他定睛瞧我，犹豫地放下手机。

“杨师傅，单词背得怎么样？”

“Yes！Go！累计打卡第四百三十二天。”麻溜作答，“咦，你咋知道？”重新聚拢眼神，突然一笑：“哦啊！来得早不如来得巧，他们中午才把钥匙托我收着呢。”

“钥匙？”我递去烟，把我给认成谁了？

“就那家的房子啊，你不是来打听过吗？”他稍微放低声，“往前倒数一百年，哪块土里没埋过人？”

“您是说，可以去看房了？”我真欣赏他这声东击西的记忆力。

“中介是我同乡，帮他个忙。有意向的，我就直接带过去。”他看看表，把一个写着手机号的牌子挂在门把手上，“咱手脚得快点。”

遂跟着他几乎一路小跑，不免想到没有采到的秦老师，经过这样的事情，又牵涉房产变卖，也不知米米爸爸跟她，是将从头收拾起，还是就此岔道分开。唉，人啊人。

房里是一派等着被出手的凄惨模样。浮灰下的家具东一处西一样。卫生间有股子臭气。地面各种杂物。墙上挂过东西的地方有一块块的白净。阳台，或者，米米想要留下浇一次水的所谓花园，花盆歪倒，杂草丛生。

“就在这屋？还记得她当时的姿势吗？”走到朝北的小房间，我停在门口。

“小兄弟，不是我劝你，既然想买，就不要再想这些事情。你真是要看房子？”他突然狐疑地盯着我的脸。

“想谈女朋友，还是得先有房子才成。”

“这就对啦！我要用你来劝劝我儿子。你想，省出的那两折！我老婆得做多少织补啊。”带着由衷的欣赏，他拍拍我的肩，“放心，房子本身质量绝对没话说。你要来迟两天，肯定脱手了。”

“要不您先过去，我再各处仔细看下吧。”

“那最好，”他掏出手机看看，“出来时门把手向上抬一下，就锁上了。”

小房间还算整齐。床罩、台灯都还在。衣柜门半开半合。一只印有旅行社名号的旧行李包，半张着口,里面是些不想带走的旧衣服。自然都不是米米的,她只是在这里度过她生前的最后一夜罢了。

我把房门半掩,慢慢躺倒到那张小床上,如果能无意中摆成与米米相似的姿势就更好了,那也许会给我点超级启示吧,关乎时代、典型、深刻并且他妈的还挺打动人心的——如我在五天前所“想得美”的那样。

虔诚地紧紧闭上眼,除了一股淡淡的灰尘味儿,除了垫在后脑勺儿下的包有点硌人,一片虚静,我真的只能两手空空去往 DDL(deadline 缩写,指“最后期限”)的死境了。像临终者飞快回顾一生,我再次闪回有关米米的一切采访,没错,它们还是那个死样,真实、乏味得不值一提,可是,等等,等一等!我是不是忘了什么?绿皮书啊,就在我脑袋下硌着我的绿皮书,在它最重要的导言部分,麦老师可是专门加黑加粗地解释过“创造性非虚构”这个词组，其重音与重点，是“创造性”，而不是“非虚构”，也就是说，对一应的原材质，可以“选择性”采信和“创造性”运用……

可不，真实到底什么样，不就是小儿眼中的那只太阳吗，孰大孰小孰远孰近孰凉又孰热哉？秦老师的未遂，志华的中断，态度可疑始终不肯露面的初音，不正有着最可作为的空白吗？记得我还猜想过“恋父情结”、“死亡图钉”与“三角恋”呢，包括与米米她们俩同住的那位性别不明者，很方便就能带入特殊的族群概念……嗯，真的，推倒，重来。把他们彼此遭际的幸与不幸，交互作用中的物理力学、光合作用或心理投射，翻个儿或卸八块，在历史、社会与家庭的所谓伦理建模中，重新推演出米米的死因，一条万能如意的逻辑链，要深刻便深刻，要动人便动人。需要的话，我可对某两条线筑渠引水、描红加粗，而把另外的线淡化出镜直至彻底删除。没什么的。谁是莺莺啊谁是红娘，谁是墙上美人哪谁又从坟中复活。哈哈反正那就是谁也不知道的“真相”，不是吗？

我差点儿翻身坐起——不，少安毋躁，再多琢磨会儿，就像人们在展览馆经常看到的模拟沙盘或古迹复原，要在细节与承转上考虑周全，所谓修新如旧……等会儿离开这里时，要记得拍几张照片（找一个毛绒玩具放在床头），加上瞿警官提供的半张纸遗书，我拍过的她们租屋楼下的旧沙发、志华修手机的柜台、米米工作群的讨论截图、人流病历、米米奶奶的病房，再问母亲讨要一张她们的合影（承诺脸部打上马赛克）——也能算齐活了，挺有声有色的，不是吗？

那么，现在我是不是可以稍微歇上一会儿，在米米生前的这张床上？这些天来，我他妈的何尝好好睡过一觉啊。

眯着眼也许才五分钟。手机响了。我知道一定是李大人。我盘算着应当如何答复。铃声是我新下载的一段太空摇滚。前奏幽冷，浩渺有如在宇宙散步。在这样的铃声中，我出现了短暂而激烈的犹豫，长达三秒钟。

不，上帝呀，难道我是上帝吗，我怎么就能有“创造性”呢？我必须，他妈的必须非虚构，忠实于这五天来的空旷悬念，正像米米所拼命维护的秘密那样，就这样顺势而下，如浊水缓慢地淌过旷野，没有风景，没有阻力没有动力，只是如影如伴的日常本相。李大人，咳咳，不好意思啦，这枚洋葱头真就没个核儿，它无味无物无挂碍。不过我会如诺写下来，并于明早准时交稿。您呢，则负责干脆利落地打红叉叉，确实太无聊啦，绝不会有人想看的，它本就不应当问世，就像米米不应当去死。

当然！必须大无畏和大无耻，必须“创造性”，此乃天赋神授的职业特权。以绿皮书之名,我要大大方方地声明，这就是了不起的艺术创作和媒介传播。必须勾画出海市蜃楼,必须让李大人颤抖着粗野地拍腿叫好,必须让人们被刺激的味道冲得眼红鼻酸,洒下不值钱的泪水,然后“十万+”,让米米在十万众瞩目中像模像样地死去,新生了一样地再次死去。

“唉。”仍然紧闭眼睛,我用极其骄傲的声音应答。

“病了,声音咋这样怪？”是老家表姐。

“没,只是躺着。”吁一口气。可惜没病,能挂了更好,顺手接过米米的接力棒。

“可注意不要生病了,一个人在外嘛,又没个女朋友。出门的话,没雾霾也得戴口罩,现在流感可凶,都能死人的。”随即是念经般的,一长串这种情况下的叮嘱。

“嗯。嗯。好好。”

“这两天注意收一下包裹。姑父非要把柿子给你寄过去。其实也没多少，有的太生，有的又太熟。我说哪里没有，又不贵的东西。姑父不听劝，就怪我那天跟你提了下柿子树，然后他就一直催着要我全摘下来寄给你。记得啊，可千万不要跟螃蟹一起吃。”

又是柿子。是啊，小时候总看着它们由绿变青，慢慢变黄，最后变红，然后我就可以吃它们了……我抹一把眼，那里很干燥。“放心吧就，哈哈我哪里有蟹吃。”头稍抬起来，想听听那边是否有父亲气喘的声音。没有。只听到我最后的时间，如高空而坠的重器，带着呼呼的风声，向头顶心砸将而来。我抖了一下，遽然而起。